STAR WARS: THE ESSENTIAL CHRONOLOGY

スター・ウォーズ クロノロジー

上

ケヴィン・J・アンダースン／ダニエル・ウォーレス［著］
ビル・ヒューズ［オリジナル・イラスト］
横沢雅幸／高貴準三［監訳］

ソニー・マガジンズ文庫

Published originally by Ballantine Publishing Group under the title:
Star Wars: The Essential Chronology Vol.1
Text by Kevin J. Anderson and Daniel Wallace
Original illustrations by Bill Hughes

編集協力＝株式会社イオン
Editorial association by Aeon Inc.
カバーデザイン＝花村　広
Jacket design by Hiroshi Hanamura
カバーイラスト＝長野　剛
Jacket art by Tsuyoshi Nagano

CONTENTS

本書を、ジョージ・ルーカスに捧ぐ。
彼のイマジネーションとヴィジョンなしには、
スター・ウォーズ銀河の歴史は
創造されなかったことはいうまでもない。

スター・ウォーズ・クロノロジー

上巻

序文――歴史を学ぶ者たちへ

帝国の崩壊後、多くの歴史的資料がひもとかれ、隠蔽《いんぺい》されていた情報が銀河中の学者たちによって発掘された。そして、歪《ゆが》んだ視点から表現した歴史、曖昧《あいまい》にされた重大な出来事、徹底的かつ驚くべき過去の改竄《かいざん》が、ほんの二、三〇年の間に帝国の宣伝機関によって行なわれていたことが発見された。

博学な歴史家チームは、インペリアル情報センターに収められていたファイルの解析に数年を費やした。ジェダイの伝説と歴史を研究する者は、少数だけ現存するジェダイ・ホロクロン（ジェダイの知恵の宝庫）を学んだり、ジェダイ騎士《ナイト》〝一千世代〟にわたるタペストリーを織りなす民話や伝説、詩歌を比較考証しなければならない。

われわれは混乱した時代に生きている。重要な出来事の中心にいた生きた伝説と呼ばれる主要人物たちと、彼ら自身のことを話すときには注意が必要である。歴史の最重要点に立っている私たちは、実在の人物がいる間に、彼らの陳述や、思い出、意見を記録した。未来のために、完全かつ客観的な年代記を残すつもりだ。

この記録は現在最も確かな進行中の作業である。多くの食い違いや不完全な解説については、学者たちが新たな決定的データを見つけてくれるだろう。このような作業は、その性質上、真の終わりが来ることはない。しかしながら、新共和国元老院と元首は、この後確定した知識は拡充されていく版で補充することにして、〝最重要年代記〟のこの草稿を現状のままで出版することを決定した。

新共和国の市民は、自らの歴史的基盤を知らなければならない。われわれは、暗黒の遺産だけでなく、豊かな名誉ある伝統を持っている。われわれはその両者から学ばなければならないのだ。

——新共和国歴史評議会——

年代特定に関する注意点

特定された日付をこの文書に記録する基準として、帝国の衰退と反乱運動の止むことのない大勝利の真の意義を確固たるものとするために、初代デス・スターの破壊と反乱同盟軍が感動的な初勝利を収めたヤヴィンの戦いの日を、私たちの暦の〝ゼロ点〟として選んだ。ここが私たちの時代と人生の最も重要な始まりである。

したがって、歴史的なヤヴィンの戦い以前の出来事をＢＢＹ（Before the Battle of Yavin）で示し、以後の出来事はＡＢＹ（After the Battle of Yavin）で示す。未来の人々は、この数年の時期を銀河の黄金時代の始まりとして認めることだろう。

PART I

古代のジェダイ・ナイト物語

旧共和国の完全な歴史は、図書館千館分にも匹敵する。いくつかの出来事といくつかの犠牲は、世代から世代へと伝わる間に伝説となっていった。

数千年紀におよぶ歴史といえども、時の流れとともに事実と詳細がぼやけていく。古い出来事ほど、矛盾と神話を内包していくものである。起きた順序と呼称については完璧《かんぺき》だとは言えないが、すべてを巻き込む衝突が数々あったということは間違いない。

共和国先史は信じられないほど古く、その調査は大変難しい。この〝古代〟の時代に、コレリアン星系は人工的に創造された。ということは、驚くほどのパワーを持ったエイリアンの設計者たちが、かつて私たちの宇宙を訪れたことの証左でもある。彼らはまた、モーの名で知られるケッセル付近の不可思議なブラックホール星団についても関わりがあったかもしれない。のちにコア・ワールドの主要な惑星として知られることになるコルサントでは、ふたつの軍――タングとズェルの大軍――が伝説上の戦いを繰り広げた。ズェルは突然の噴火によって陣地をのみ込まれて敗退し、激しい黒灰の柱がタング軍を二年間にわたって不気味に覆った。タングは、影の戦士――古代の言葉で〝ダー・ウェルダ・ヴェルダ〟――の名で畏《おそ》れられた。彼らの物語は、同名の叙事詩に詳しく描かれている。この戦場の跡地は、いまではインペリアル・シティの超高層ビルの下に埋もれている。

共和国先史では、暴君ジムが最も名高い征服者である。現在タイオン星団として知られている辺境領域において、ジムは自らの旗印の下に、阻止不可能な戦争ドロイド――史上初の戦闘ロボット――軍を含む膨大な軍隊を組織した。ジムの輝かしい帝国は、数十万の世界を擁するタイオン周辺領域へと広がっていった。だが、暴君ジムは間違いを犯した。彼はハット・スペースに進出しようとしたのだ。ハットは、恐るべき星間帝国を築いていた。彼らはジムのシクラータ星団占有に対して猛然と反発した。惑星ヴォンターにおいて、雌雄を決することはできなかったが総力戦が二回行なわれた。三回目の対決で、ジムの戦争ドロイドは、ハットの最新の徴集兵――ニクト、ヴォドラン、ウィークウェイの戦士たち――の大軍と対峙《たいじ》した。ジムは完全に叩きのめされ、コサック・ザ・ハットが第三次ヴォントアの戦いの勝利を宣言した。

新共和国から遡《さかのぼ》ることおよそ二万五千年、光よりも速いハイパースペース航行の普及は、銀河を単一の共同体へと発展させ、銀河共和国の名で知られた恒星系間の民主主義同盟を誕生させた。その始まりの時から共和国は成長を続け、数千年紀を経て、膨大な数の居住世界を内包していった。

フォースとして知られる神秘的なエネルギー場は、ジェダイ・ナイトの一団を象徴するとともに、共和国の必要不可欠な支えとなっていた。最も初期のジェダイは哲学者として、フォースのライト(光明面)、ダーク(暗黒面)、リビング(生存面)を探究し、各面を統合するとともに、いつの日か〝選ばれし者〟が現れてフォースにバランスをもたらすと予言した。後の世代は、銀河の共同体における積極的な役割を担い、邪悪な軍団に対する防御にフォースを行使した。その輝かしい日々には、多くのフォース感応者たちが、ジェダイの道における武器・知識・力の使用法を得るために、優れたジェダイ・マスターの下での困難な訓練に参加した。だが、惑星オッサスのジェダイ・ナイトの一団から発された異議については、ついに顧みられることはなかった。

シスの出現

シスの黄金時代　5000BBY

　ハイパースペース大戦は、遠く隔てられていた者たち――忘却の彼方のシス卿と期待はずれに脆《ぜい》弱《じゃく》だった共和国――が衝突した、銀河全域に広がった大災厄だった。この善と悪との激闘は旧共和国の絶頂期に起きたものであり、その結果は銀河文明に数千年間にわたる影響をおよぼした。

　戦争が起きるまでは、シス帝国の起源と背景は、記録に残された不気味な史実だけであった。私たちは、ジェダイ・ナイトたちの最初の大分裂――ライトサイドとダークサイドの古代の激闘――を、かつて一度経験したことがある。一世紀におよぶ流血の後に、ダーク・ジェダイは敗北し、残った者たちは大破した宇宙船を操り、銀河を横断して既知宇宙を離れ、未踏の領域へと逃亡した。そして、打ちのめされたダーク・ジェダイたちは、未開の文明、新たな配下となる民――シス――を見つけたのだった。

　ダーク・ジェダイたちは、強大ではあるが従順な住民に神のごとく崇《あが》められた。無限の資源と自ら奴隷になった住民を得たジェダイの逃亡者たちは、シス文明を新たな帝国へと鍛え上げていった。

当時、共和国の最外縁部の境界であったパーレミアン・トレード・ルートから数千光年離れた銀河の荒野に、共和国とは別の悪の黄金時代を築き上げた。千年以上の年月が流れ、シス帝国の支配者たちは、彼らの支配する領域の座標とハイパースペース宙図を失い、もはや共和国を見つけ出す術《すべ》をなくしていたのだ。

銀河の反対側では、ジェダイの反乱の記録は徐々に消え去り、邪悪なフォースを行使する者たちを打倒した記憶も薄れていった。そして、民話だけが残った。

皇帝が君臨した時代の五千年前、旧共和国は拡大を続け、隆盛を誇っていた。未踏の辺境宙域は数多く残っていたが、偉大なジェダイ・ナイトたちと熱心な探索者たちによって、銀河の重要な部分は踏破されていた。

人間がエイリアン種と初めて遭遇したのは、開拓者たちが過酷な辺境地帯に粗削りな新コロニー群を建設しはじめたときであった。何度かの小規模の戦いを制した銀河政府は、点在する星系群を統合していった。不可解に渦巻くハイパースペース荒野を抜ける航行宙図は作製されつづけてはいたが、長距離旅行は依然として危険を伴う不安定なものであった。

ハイパースペース航行宙図の作製業者であるゲイブとジョリのダラゴン兄妹は、命知らずな探索航行によって銀河の歴史を変えてしまった。勇気ある冒険者たち——クレージーだとも呼ばれていた——である彼らは、宙図に載っていない危険なハイパースペースの中から、安全な交易ルートを探し出すという高配当のゲームに命を賭けていた。彼らは持ち船の〈スターブレーカー12〉で、役に立ちそうな拠点に巡り合えることと旅の安全を願いながら、手当たり次第にコースを選んでは飛び出していった。

探索者や密輸業者、入植者の常として、ゲイブとジョリは縁域のちょっとした荒くれ者だった。幼いころ、ゲイブとジョリは自分たちがフォースの感応力を持っていることを知ったが、ふたりにはジェダイ・ナイトになるために必要な厳しい精神的訓練を続ける忍耐力はなかった。代わりに、彼らは、恒星やブラックホールを避けるために、〝幸運〟と根拠のない確信に頼っていた。借金はなくならなかったが、ナビゲーター組合から高額の手数料を稼げるような新しいルートを探しつづけていた。

ある不幸な出来事の後、宇宙船の修理代金も払えないほど貧しかったゲイブとジョリは、鉄壁都市シナガーの修復ドックに出してあった〈スターブレーカー12〉を返してもらえずにいた。だが、彼らを待ち受けていた脅迫者や債権者たちから逃れるために、ふたりは差し押さえられた船を盗み出して宇宙へと逃げ出した。彼らに残されたチャンスはただひとつ、現在の宙図よりもはるか遠くへと通じる価値の高い新しいルートを発見することだった。そんな情報があれば、借金を精算して、人生をやり直すことができるはずだ。シナガー保安軍の追撃をかわして、ゲイブとジョリは、ナビ・コンピューターのダイヤルを未知領域へと合わせた。

遠く離れた銀河の反対側では……広大な距離と道なき道によって共和国から遠く隔てられていたシス帝国が、数世紀の間に、暗黒のフォースの技と魔術師の烙印《らくいん》を意のままに操ることによって強

古代のハイパースペース航路探索者ゲイブとジョリ・ダラゴン兄妹

大になっていた。だが、シス帝国は危機にさらされていた。

一世紀にわたる冷徹な支配の後、偉大なるシス帝国の暗黒卿マルカ・ラグノスは死んだ。権力の空白は、古代帝国を引き裂くほどの内戦をもたらす苦闘を引き起こしたのだ。霊廟《れいびょう》惑星コリバンの墓所へのラグノス埋葬に、跡目を狙う派閥同士が同席することとなった。闇《やみ》に覆われた空の下ではあったが、シスの奴隷たちの献身によって完成した新墓のように、葬儀の列は荘厳な輝きに満ちていた。

墓所にて、敵対する最も強大なふたりのシスが対峙した。彼らの帝国に実害を与えるような愚行を犯す気など毛頭ないライバルのルド・クレシュが現況に満足している間に、シスの権勢拡張を熱望するナガ・サドウは未知の魔術と遺伝子操作技術に手を出していた。

サドウとクレシュは新墓入り口の階段で血まみれの決闘を始めた。それは、驚くべきことに、死んだはずの暗黒卿が最後のあえぎを振り絞り姿を現して霊言を発するまで続いていた。秘密めいた不吉さとともに、マルカ・ラグノスの死に際の陰影から、シス帝国の運命は彼らの闘争の行く末に左右されることが告げられた。

この対決の真っただ中、〈スターブレーカー12〉はコリバンに到着した。無謀なハイパースペース通過を辛くも成し遂げたゲイブとジョリ・ダラゴンは、当惑と好奇心が交錯するなか、新しく発見した世界の情報を集めようとした。交易の可能性と資源がなければ、彼らの遠征は無駄に終わってしまうのだ。

しかし、反目するシス卿たちは共和国との平和的交易に興味を示すことはなかった。ゲイブとジョリは異星人のスパイとして捕らえられ、荒涼とした惑星ジオストへと連行された。そこで彼らは囚人として、シスの支配者たちに尋問を受けることになった。

暗黒卿たちは遠く離れた共和国のことはほとんど覚えていなかった。保守的なルド・クレシュはダラゴンたちを侵略の兆しであると受け取ったが、強大なライバルのナガ・サドウは共和国を征服するに足る広大な新しい領域であると見なした。サドウは、新たなる外部からの敵が、シス帝国の派閥に緊張をもたらし、愚か者たちを仲違いさせ権力から遠ざけることができると、ひそかに信じていた。

シス卿たちの会議で、ゲイブとジョリの死刑が宣告されると、ナガ・サドウは特別な兵士種族として育てられたマサッシの戦士たちを用いて、ふたりの脱出を手助けした。彼は、ゲイブとジョリを隔絶された要塞《ようさい》に連れ去るとともに、囚人を解放したのは共和国の他の工作員であるかのような証拠を残していった。

次のシス評議会の会議において、ナガ・サドウは、共和国に対する疑念と恐怖を醸し出した。彼は、侵略が切迫していることを他の者たちに納得させ、帝国を活気づけるために、ゲイブとジョリを利用したのだった。彼は、シスが先手をとらなければならないと強く主張した。

彼の要塞の中で、サドウはゲイブにシス魔術の道である秘技を伝授しはじめていた。彼は、過酷な訓練の間、ジョリ・ダラゴンを兄から遠ざけておき、両者を巧みに操っていた。恐ろしく不安定な立場に置かれたことを知ったジョリは彼らの宇宙船を取り戻そうとした。それだけが彼らが帰還できる唯一の方法だったのだ。彼らがシス帝国を発見したのは、成り行き任せの航路選択のせいであり、唯一安全な帰還コースは〈スターブレーカー12〉のコンピューターの中にあった。それなくしては、彼女たち兄妹は決して家に帰ることはできない。兄と妹を要塞の中で会わせないようにしつづけたサドウに、ジョリはシス卿が本当に彼らの味方なのかと疑いはじめていた。

囚人の脱出をサドウが画策していた証拠を暴き出したルド・クレシュは、誠実なシスの部隊を集め、反逆の計画者としてサドウの要塞急襲を命じた。クレシュは、これで帝国の実権を掌握できると考えていた。

だがすべてはナガ・サドウの計画どおりに進んでいったのだ。そして彼は、ライバルの〝奇襲〟

〈スターブレーカー12〉を追跡するナガ・サドウの侵略部隊

攻撃を制圧する準備を進めていった。戦いの混乱のなか、ジョリ・ダラゴンが首尾よく脱出することをサドウは確信していた。そして、ゲイブを彼女と合流させずに、彼女がひとりだけで出発せねばならぬようにと手をまわしていた。ルド・クレシュの艦艇が到着し、破壊的な連続砲撃を開始した。それは彼女に恐ろしい選択を迫る瞬間でもあった。

兄を守るというナガ・サドウの約束にすべてを委ね、悲しみに暮れながらジョリは兄を置き去りにした。彼の救援に戻ることを誓って、彼女にできうる限りの力を尽くすしかなかった。しかし彼女は、シス帝国が共和国を攻撃するための準備をすることを知っていた。故郷に警鐘を鳴らすことができるのは彼女だけだった。

〈スターブレーカー12〉がハイパースペースに消えるとすぐに、ナガ・サドウは隠しておいた彼の本隊を発進させ、クレシュの艦隊を撃破した。ライバルの旗艦を叩くと同時にクレシュ自身をも失墜させたのだった。修羅場を制し、サドウはついに〝シスの暗黒卿〟の称号を手にしたのだった。

シスの内紛

ハイパースペース大戦　5000BBY

ジョリ・ダラゴンは気づいていなかったが、彼女の宇宙船には追跡《ホーミング》ビーコンが取り付けられていた。それは、何も知らない共和国の心臓部へと、ナガ・サドウと彼の軍隊を一直線に導いていた。彼女はテタ星系に戻ると、軍を派遣するようにと警鐘を唱えたが、ジョリは自分の宇宙船を盗んだ強盗詐欺罪で直ちに逮捕されてしまった。彼女はシスの脅威について半狂乱に話したが、罪人の罪逃れの戯《ざ》れ言《ごと》だと誰も取り合わなかった。彼女は、兄をシス帝国から救うことができないばかりか、宣告によって過酷なコロニーへと追放されてしまった。だがまもなく、ジョリは脱走した。彼女は、テタの中枢へと向かう貨物輸送船に身を潜めた。必死の逃走の末、ついにジョリは、女帝《エンプレス》テタに直接謁見《えっけん》することに成功した。ジョリは自分の話を見過ごさないで欲しいと涙ながらに懇願した。

共和国の偉大なジェダイ・ナイトたちは、その話を聞いて当惑した。その中には、若きオダン＝ウーア、彼のマスターのウールー、テタの顧問であるメミット・ネイディルたちがいた。ジョリの提供したナガ・サドウの野心の概略を聞き、彼らは、はるか昔に追放され辺境の地へと姿をくらましたダーク・ジェダイの伝説を思い出した。疑念を察知した彼らは、侵略に対抗する準備を整えることを女帝に進言した。

女帝は、ジェダイ・ナイトたちの進言を共和国に伝え、元老院議員たちの助力を結集するために、コルサントへと向かった。そのとき、女帝テタは元老院で演説を行なったが、元老院議員たちの賛同を得ることはできなかった。しかし、ほんのわずかのジェダイたちが彼女の警告に耳を傾けてくれた。

そのころシス帝国では、ナガ・サドウが残ったシスの部隊と彼の残忍なマサッシ兵士を統合させていた。彼の素直な弟子であるゲイブを使い、サドウは無防備な共和国に対して大規模な急襲に出た。〈スターブレーカー12〉から送られてきた座標に向かって彼らは進んでいった。ナガ・サドウの完璧な戦闘艦隊はテタ星系に到着すると攻撃を開始した。

予期せぬ戦いは嵐のごとく共和国全体へと広がっていった。シス魔術と火力に対抗する艦隊と忠実なジェダイ・ナイトたちの戦いは、形勢不利な状態が続いていた。こうした戦いにおける若き英雄のひとりが、エイリアン・ジェダイのオダン＝ウーアであり、彼はまた、千年後のシス大戦時の重要人物ともなる。

続く激闘の間に、テタは有能な司令官であることを証明してみせたが、敵のシスは手を緩めることがないばかりか、ナガ・サドウが銀河のこの新しい宙域の知識を概略的にしか知らなかったため、その行動を予測することはきわめて困難であった。戦いによって共和国の運命は尽きるかと思われた。

だがついに、共和国の連合艦隊は、太陽フレアに満ちた赤色巨星プリマス・ガルード付近で劣勢を挽回《ばんかい》した。サドウにだまされていたゲイブ・ダラゴンがついに彼を裏切り、連合艦隊に報復のチャンスを与えたのだ。サドウは、恐ろしいシスのテクノロジーを駆使して、赤色巨星の核を爆発させる引き金を引いた。

ジョリ・ダラゴンは軍事教育をまったく受けていなかったが、彼女は宇宙船を飛ばすための多くの技を知っていた。戦闘のさなか、ジョリは、洗脳されていた兄ゲイブと衝撃的な再会を果たした。彼は、サドウに何をされ、自分が何をしたかをついに理解した。彼は、妹と共和国を助けるために引き返していった。赤色巨星が超新星に変わる寸前に、彼はジョリに贖罪《しょくざい》を請うた。

戦いの流れが変わったことにより、共和国は侵略者への反撃体制を立て直し、シスの艦隊を徹底的に打ちのめした。メミット・ネイディル率いるジェダイ・ナイトのチームにより、コルサントの敵は壊滅《かいめつ》していた。一方オダン゠ウーアは、辺境の惑星キレックでの重要な戦いにおいて、偉大なるジェダイ・マスター・ウールーを失いながらも、勝利を獲得した。

ナガ・サドウは緊急退却命令を発し、生き残った戦士たちをシス帝国に連れ帰った。ぼろぼろになった艦隊とともにようやく故郷にたどり着いたサドウは、仇敵ルド・クレシュが死んでいなかったことを知った。クレシュはスパイを使って、暗殺を巧みに免れていたのだ。

クレシュは彼の忠臣とともに、サドウの打ちのめされた艦隊を待ちかまえていた。〝反逆者〟サドウが態勢を立て直す前に、クレシュは間髪を入れず無慈悲な攻撃を加えた。ナガ・サドウは自暴自棄になりめちゃくちゃな反撃に出た。彼には、もはや失うものは何も残っていなかった。両軍は破滅へ向かう死闘に突入した。

シスの脅威を永久に叩きつぶすために追跡してきた共和国艦隊は、両軍の小競り合いの真っただ中に到着した。サドウとクレシュの両艦隊は十字砲火にさらされた。

一か八かの賭けに出たナガ・サドウは、部隊の残りを犠牲にして、最も忠実な下僕たちだけを連れ、損傷した旗艦での脱出を図った。共和国の艦艇は彼を追ったが、サドウは最後の魔術を選択した。彼は、近接する連星デナリウス新星の中間に自らの戦艦を突っ込ませ、シスのパワーで太陽フレアを起こし、追跡する共和国艦を破壊して逃げ延びた。彼は自身の痕跡をすべて消し去っていった。

彼の栄光は去り、ナガ・サドウには、ただ一隻の艦艇とマサッシの乗員だけが残された。暗黒卿は、巨大ガス惑星ヤヴィンを周回するほとんど知られていない密林衛星ヤヴィン4に居を構えた。その星に、彼は基地を作り、戦艦を埋葬し、マサッシを守護人として去っていった。

再び彼が戻る前に、紛争の火が鎮まっていることをナガ・サドウは願っていた。シスのテクノロジーと魔術によって、彼は自身を繭に包み部屋の中にその身を置いた。暗黒卿マルカ・ラグノスが予言した、新しいシスの黄金時代をもちきたらす――暗黒の教義を必要とする――者がいつの日か自分を仮死状態から目覚めさせるのを期待して。

コルサントの防衛戦

ラグノスは、真実を告げた唯一の予言者ではなかった。マスター・ウールーは、キレックの戦場で死ぬ間際に、「自分の熱心な訓練生オダン＝ウーアが広大な図書館を設立し、大変長生きをしたうえ、最後には自分の愛蔵書と巻物に囲まれて死ぬ」と予言していた。マスター・ウールーの難解な収集物をはじめとして、打ち破られたシスの侵略艦隊の難破船の中から見つかった不可解な人工物を集め、オダン＝ウーアは、オッサスの大資料館都市に旧共和国の大図書館と学習センターを設立した。そして、マスターの予言どおり、千年後のシス大戦の初期に、オダン＝ウーアは書籍に囲まれて死んでいった。

シスの遺産

シス帝国は崩壊し、勝利を得た共和国の人々にはバラ色の日々が続いていった。新しい星系探索が行なわれ、新しい種族も見つかり、銀河政府は多様な文化と広大な距離を統治するためのより良い方法を修得していった。

数世紀が過ぎ去った。暗黒の指導者たちやシスの残党たちからの接触はまったく起こらなかったが、邪悪な影響力は以前とは違う形で、もっと狡猾《こうかつ》に、悪性腫瘍《しゅよう》のように返ってきた。

フリードン・ナッドの影　4400BBY

密林衛星にナガ・サドウが姿を隠し、サドウの信奉者マサッシが大寺院《グレート・テンプル》を建ててから六世紀後、野心的なジェダイ・ナイト、フリードン・ナッドが噂《うわさ》と直観に導かれて、隔絶されたヤヴィン星系を訪れた。

打ち破られた暗黒卿が、主要寺院の地下にある部屋に彼の資質を保存封印して以来、数世紀にわたってマサッシの避難民は強力だが原始的な未開人へと退化していた。ナッドは彼らのところに来て戦った。しかし、彼がフォースを使ったことによって、彼らは過去の記憶を取り戻し、マサッシの畏敬《いけい》を受けた。彼らは、邪悪な英雄が現れることを待っている暗黒卿が眠っている場所をナッドに教えた。

ナッドは、古代のシス卿ナガ・サドウを目覚めさせた。サドウはナッドに、シス魔術とフォースを歪曲《わいきょく》させたダークサイドを教え、他のジェダイ・ナイトが対抗できない技と兵器をも与えた。

復活したナガ・サドウのその後は知られていないが、フリードン・ナッドはヤヴィン4を離れ、旧共和国の境界外にあるオンダロンの原始的世界の王になることを計画した。

数世紀の間、オンダロンの平和な人々は、不安定な軌道を描く衛星ディクサンと交差するたびに恐ろしい生物に襲撃されていた。凶暴な肉食獣は、人々が自らの防衛のために城壁都市イジズを建設するまで、市民に相当な死傷者を出した。

フリードン・ナッドは、シス魔術の知識とダークサイドを躊躇《ちゅうちょ》せずに使うことによって、たやすく住民たちの指導者となった。数十年以上にわたって、城壁都市は成長し、密林を執拗《しつよう》に隔絶していった。ナッドは、彼らが怪物たちと戦いやすくなるような破壊的テクノロジーの開発に手を貸した。それは後に、彼ら自身の内部の敵、シス卿の規則に対する反逆者たちにも向けられた。

ナッドが実行した政策のひとつは、ナッドを批判した者は誰でもすべて犯罪者として追放することだった。彼らは、食欲旺盛《おうせい》な肉食獣にむさぼられるべく、イジズの壁の外へと放り出された。だが、そうした亡命者のうちの何人かは生き残り団結して、野獣の捕獲手段と飼育の方法を考え出し、彼らを家畜化していった。生存者たちは、飛行獣に乗り、手製の携行兵器を使い、彼らを追放した都市に反撃を開始した。

これがその後数世紀の間続く、内戦の始まりだった。拡散したゲリラ戦は、フリードン・ナッドの力をもってしても鎮圧することはできなかった。

ナッドの死後、彼の骸《むくろ》の納められた石棺は、彼の末裔《まつえい》たちが使うダークサイドのエネルギーの焦点となった。ナッドの遺産は世代から世代へと受け継がれたが、永遠の内戦は続いていた。初めにディクサンの野獣たちから受けたのと同じぐらいの血が流されていた。数世紀後、共和国がその領域を拡張し、他のジェダイ・ナイトたちがオンダロン星系と出会うころには、危機は爆発寸前にまでなっていた。

ジェダイの試練　4000BBY

共和国の習慣はふたつの事柄に依存していた。管理者と立法者による賢明な統治、そして勇敢なる戦士――ジェダイ・ナイト――の組織による調和と正義の維持である。新しい星系の守護者になることや、移行期の監督、地元の諸難題の補佐などが、ジェダイの日常任務であった。

アーカニアのジェダイ・マスター、アーカ・ジェスは、オンダロン星系の管理と責務を任された。彼自身が監視人になる代わりに、彼の三人の優秀な生徒たち――優しいが性急なところのあるウリックとケイのケル=ドローマ兄弟とトット・ドニータという無愛想なトワイレック――を派遣した。発展途上国の地元のいざこざで、簡単に調停できる任務であると思われたからであったが、現実には、旧共和国の歴史における大事件のひとつとなってしまうのであった。

調和を欠いた世界に到着した三人のジェダイ・ナイトは、イジズの支配者、老齢のアマノア女王に出迎えられた。彼女は、城壁都市へやってきては破壊と殺人、誘拐を繰り返す野獣乗り《ビースト・ライダー》による被害を説明した。老齢の女王は、ジェダイに、長年の痛みと苦痛を終わらせてくれと頼んだ。その後、ビースト・ライダーは宮殿を直接攻撃し、アマノア女王の娘ガリアを誘拐して、密林の要塞に彼女を連れ去ってしまった。

ケル=ドローマ兄弟とドニータたちは、彼女を救い出すために城壁の外へ出たが、事実は彼らが説明されたとおりではなかったことに気がついた。ガリアと敵部隊の指導者オロン・キラによる計画だったのだ。果てしない流血を止めるべく、ふたりは結婚し、双方のグループを和解させようとしていた。

ジェダイは、調停役として和解案をアマノア女王に提案したとき、彼女が平和を願っているのではないことに気づいた。何年もの間、高齢の女王はフリードン・ナッドの力を使い、ダークサイドの暴虐を尽くしてオロン・キラの仲間を殺戮《さつりく》してきたのだった。彼女はイジズのすべての軍隊を招集し、部外者を制圧することを命じた。

ジェダイたちは反撃したが、多勢に無勢。激闘でケイ・ケル=ドローマは片腕を失い、後にドロイド義肢を装着することになる。マスター・アーカ自身が呼び出され、到着したころには、戦いの流れは逆転していた。ビースト・ライダーたちは、アマノア女王の邪悪な兵士たちに打ち勝った。

オンダロンの野獣戦争

光の部隊の協力により、アーカはアマノアの邪気を打ち払い、町の心臓部に巣食っていた影を打ち負かす。ガリアとオロン・キラは、彼らの世界を平和と慈愛に満ちた文明へと復興させていった。

ジェダイ・ナイトのノーミ・サンライダーは、まだウリックと運命をともにする前のことだが、若くして偉大なる指導者であり戦士のひとりとなるために、過酷な試練に対峙しようとしていた。

その若き女性は、新米のジェダイ、アンデュア・サンライダーと結婚し、まだ幼い娘ヴィマを授かっていた。ノーミはフォースへの親和性を強く持っていたが、ジェダイになりたいという思いと自信が欠けていた。

アンデュアと家族は、貴重なアデガン・クリスタルを、ソンというジェダイ・マスターに贈るために、ステネス星系を訪れていた。しかし、師のもとへ向かう途中、冷酷な強盗の一味がアデガン・クリスタルを盗もうとし、アンデュアは殺されてしまった。その衝撃と悲嘆にくれるノーミの前に殺された夫アンデュアのイメージが現れ、彼女のライトセーバーを取り上げて、彼女自身と娘を守れと告げる。フォースに導かれたノーミは襲撃者のほとんどを倒し、マスター・ソンに会いに行って、彼女自身がジェダイ・ナイトになることを学べと教えるアンデュアの最後の言葉を実行したのだった。

ノーミは、これまでどおり恐ろしいライトセーバーを再び振るうことを嫌っていたにもかかわらず、フォースの道を学ぶことに駆り立てられる自分を発見した。物寂しい惑星アンブリアで、彼女はマスター・ソンを見つけた。畏怖するに足る、獰猛《どうもう》な表情とは裏腹に偉大な知恵を持つ、装甲したチュークゼイだった。ノーミはジェダイ・マスターからジェダイとしての訓練を受け入れることに合意した。ソンはライトセーバーが彼女の運命であると言ったが、ノーミはライトセーバーを決して使おうとはしなかった。

しかし、運命が彼女の立場を変えた。彼女が娘ヴィマと自身を守らなければならなくなったのだ。海賊がアンブリアを攻撃したとき、彼女は彼らの世界を守るために、マスター・ソンと一緒に戦った。ノーミは彼女の疑念と嫌悪に打ち勝ち、ジェダイがライトセーバーを兵器としてだけ使っているのではないことを知ったのだ。ノーミ・サンライダーは、フォースを使って敵同士を戦わせるジェダイの戦闘瞑想《めいそう》の技を確実にマスターしていった。

ウリック・ケル=ドローマとマスター・アーカ・ジェス

マスター・ソンは、ノーミを数か月訓練した後、マスター・ヴォド=シオスク・バスに訓練の仕上げをしてもらうため、オッサスのジェダイ学習センターに彼女を連れて行った。そこで、他のジェダイ訓練生とともに、ノーミ・サンライダーはフォースをより深く学び、ついにライトセーバーを自作した。

ナッド教徒の反乱 3998BBY

オンダロンでは、平和なときが二年も続いたにもかかわらず、不安要素は残っていた。そのひとつは、フリードン・ナッドを崇拝しつづける原理主義者たちであった。

マスター・アーカは、生徒のウリックとケイ・ケル=ドローマ、トット・ドニータと滞在していた。すべては、マスター・アーカがほとんど取り除いたダークサイドの影がいまだに影響を残していたからだった。癌《がん》細胞のような邪悪さを取り除くために、彼らは、アマノア女王の棺《ひつぎ》とフリードン・ナッドの石棺を一緒に、遠く離れた怪物だらけの衛星ディクサンに安置する準備をしていた。

しかし、葬列は、イジズの都市の地下から現れたフリードン・ナッドの信奉者たちによって不意打ちを受けた。マスター・アーカは暗黒のフォースの一撃を受け、ナッド教徒の反乱軍に王室の石棺を奪われてしまった。

　意識を取り戻したアーカは、ガリア女王の父親オムミン王が生きていることを知った。老いさらばえたオムミンは、秘密の生命維持施設に隠れ住んでいた。疑念を抱いたアーカは、ガリアとウリック・ケル=ドローマを伴って、死にかけの老人を訪問した。彼は、オムミン自身がフリードン・ナッドの信奉者であり、不安要素の源泉であることに気づいた。オムミンは、自身の力と結合しているナッドの霊体を解き放った。老王は四肢が不自由であったが、ダークサイドのエネルギーを爆裂弾のごとく浴びせかけ、アーカを圧倒した。ウリックは、マスターを救うために勇敢に戦った。しかし、オムミンは、奪い去られた石棺を安置してある別のダークサイドの要塞へ、昏睡《こんすい》したアーカを連れ去ってしまった。

　自らの失敗と無力さにうちひしがれたウリック・ケル=ドローマは、銀河共和国の手助けとジェダイ・ナイトたちとの連携を余儀なくされた。共和国軍の艦艇が集結するオンダロン星系に、選抜されたジェダイのチームがライブラリー惑星オッサスから急行した。そのチームには、訓練を積み重ねて自信をつけたノーミ・サンライダーも含まれていた。ジェダイの援軍は、イジズ包囲網の攻撃をかいくぐり、ウリックたちと合流して戦った。ジェダイ・ナイトたちは都市の地下へと潜入し、マスター・アーカを見つけ出して救出した。

　オンダロンの混乱のど真ん中に、誰にも気づかれることなくふたつの人影が到着した。いまでは退廃したエンプレス・テタ星系の後継者、サタール・キートと従妹《いとこ》のアリーマだ。金持ちの家に生まれ、わがままに育ち退屈していたサタールとアリーマたちは、千年前のハイパースペース大戦直後にジェダイ学者オダン＝ウーアが回収した遺産に収められていたシス魔術に興味を持っていた。この堕落貴族たちは、幼児期に聞いた恐ろしい伝説の名を取って、自らのグループをクラースと名づけた。

美貌と野望を兼ね備えたアリーマにそそのかされたサタール・キートは、コルサント博物館からシスの秘密を記した古文書を盗み出した。フリードン・ナッドの復活とシスの信奉者たちがいることを聞きつけた彼らは、オンダロンへと向かった。戦争など眼中にないサタールとアリーマの関心事は、神秘の書を翻訳してシス魔術を教えてくれる者を見つけることだけだった。

ふたりは、ほんの少しの幸運と未熟なダークサイドの技を使って、戦火に覆われた都市下にある、マスター・アーカが囚われているオムミン王の要塞を見つけ出した。シスの秘密を記した難解な書物を見て喜んだオムミンは、サタール・キートにシスの護符《アミュレット》を与え、書物の翻訳を約束した。

彼らが大著を必死に翻訳している間に、フリードン・ナッドの亡霊が現れた。共和国軍の激しい攻撃とジェダイ・ナイトたちの侵入によってオムミン王の負けを悟ったナッドは、代わりにふたりの貴族に運命を委ねることにした。彼は、サタール・キートとアリーマがシスの黄金時代復活の鍵を握っていると納得させ、彼らを導いた。

マスター・アーカがダークサイドに滅ぼされようとしたとき、ジェダイ・ナイトたちがオムミンの要塞になだれ込んだ。ウリックは、ナッドの力と援護を失ったオムミン王を倒し、無事アーカを助け出した。

「ダークサイドへの道は誰にでもある」と、フリードン・ナッドがアーカやウリックとジェダイ・ナイトたちをあざけっている間に、シスの遺産を手に入れたサタール・キートとアリーマはイジズを発ってエンプレス・テタ星系に戻っていた。

共和国軍は、荒廃したイジズに戒厳令を敷いた。こうして、フリードン・ナッドの石棺は、野獣衛星ディクサンの装甲された墓に運ばれてマンダロア鋼でできた厚板で封印された。ジェダイたちは、その封印が千年以上、解かれないことを望んでいた。

迫り来る崩壊　3997BBY

シスの知識と遺産で武装したサタール・キートとアリーマは、エンプレス・テタ星系を掌握するためにクラースの部隊を統括した。保守的な貴族政治の指導者たちを殺すことは簡単だった。しかし、新しい野蛮な暴君に反旗をひるがえした七つの世界の人々を鎮圧することは、はるかに難しいことだった。だがキートとアリーマは、抵抗勢力を鎮圧することが、新しいシスの力を使う絶好の機会だと喜んだ。

反乱の知らせとシス魔術が使われている警告はオンダロンまで届いた。オンダロンでは、戦争で荒廃した世界の復興と平和を取り戻すために、マスター・アーカとともにウリックとケイ・ケル＝ドローマ、トット・ドニータ、ノーミ・サンライダーたちが働いていた。ノーミとウリックは親しい間柄になっていた。マスター・アーカは、エンプレス・テタ星系の状況を正すために、ふたりを送り込むことにした。

共和国軍部隊は、七つの世界をめぐる獰猛な戦いに、コルサントから再び派遣された。彼らに合流したウリックとノーミは、ジェダイの能力を使って戦闘を援護したが、アリーマの強力なシスの幻影によって撃破されてしまった。クラースの部隊の一機が特攻を仕掛け、共和国軍の旗艦ブリッジに壊滅的なのダメージを与えた。重傷を負ったウリックの命を救ったのはノーミだった。撃破された共和国艦隊は退却した。

同じころ、遠く離れたダントゥインでは、ジェダイ・マスター、ヴォド＝シオスク・バスが三人の生徒を訓練していた。キャサーの連れ合い《メイト》であるクレイドとシルヴァーと、最も有能な弟子、エグザ・キューンである。キューンは、訓練においてクレイドよりライトセーバーの腕が上であることを証明した。一対一の戦いで、テンションが上がりすぎたシルヴァーの鉤爪《かぎづめ》で、キューンは顔を切り裂かれた。マスター・ヴォドが介入したが、キューンのおさまりはつかなかった。抑制が効かなくなったキューンは自らの師に襲いかかり、そのうえ、ジェダイ・マスターから教わることはもう何もないと言い放った。ヴォドは、弟子の中にある邪悪な素質を見抜き、渦巻く影を心配した。

野心的で好奇心の強いキューンは、いにしえのハイパースペース大戦やシスの黄金時代などの古代の伝説をひそかに学んでいた。好奇心の虜《とりこ》になったキューンは、フリードン・ナッドの復活や古代の知識をもっとたくさん知るために、オンダロンへと赴いた。彼は、シスの遺産を発掘するために送られたジェダイ考古学者のふりをした。ケイ・ケル＝ドローマとトット・ドニータが彼に助力を申し出たが、キューンの傲慢《ごうまん》な態度に気づいたマスター・アーカは、彼らに助力をしてはならないと厳命した。

キューンはふたりの傭兵《ようへい》を雇い、フリードン・ナッドが封印されている墓に侵入するために、衛星ディクサンに向かった。守護獣との戦いの後、彼はライトセーバーでマンダロア鋼を切り裂いた。納骨所で、石棺を開けた彼は、黒い装甲服に身を包んだ骨と皮だけの死体を見下ろしていた。そのとき、現れたナッドの亡霊に彼はたじろいだ。

不気味なダーク・ジェダイは、骸の背後の仕切りに貴重な金属製の巻物が隠されていることを教えた。彼はキューンに、ダークサイドの中に偉大なる未来が待ち受けていると告げたが、キューンは亡霊の予言を退けた。彼が墓所を出ると、ふたりの傭兵が襲いかかってきた。エグザ・キューンは、予想外の事態に軽率にも暴力で応戦した。ライトセーバーを起動した彼は、ふたりを殺した。血まみれの暴走に恐れをなしたキューンは、巻物とともに星系を去っていった。

彼は運命に導かれて、千年前にゲイブとジョリ・ダラゴンがナガ・サドウと出会った古代シス帝国の霊廟惑星コリバンへとたどり着いた。キューンは、巻物から伝説上のシスとフリードン・ナッドの関係をさらに深く知ることになる。廃墟に囲まれた荘厳な墓所を探索するキューンは、あまりにも深く入りすぎ、崩れてきた天井の下敷きとなってしまった。

彼が大声で助けを呼ぶとフリードン・ナッドが現れ、ダークサイドに身を委ねれば助けてやると告げた。キューンは助かりたい一心で空約束をしたが、その誓約は、彼を無限の底へと続く急斜面へと突き落とした。彼は致命的な言葉を発してしまったのだ。その言葉は、コリバンの乾燥した泥の上に裸で横たわる身体にのしかかる破片をすべて吹き飛ばし、ばらばらに折れた骨を接ぐ、ほとばしる強大な力を解き放った。

エグザ・キューンは、銀河中に響き渡る凄まじい叫び声をあげた。彼が捨てたマスター・ヴォドを呼ぶ絶望の響きだった。

苦痛に満ちた叫び声がフォースを通じて達したのは、ヴォドがデネバへと向かう途中だった。エンプレス・テタ星系の紛争と邪悪な暗闇の予兆について議論するために、ジェダイ大会議が招集されたのだった。キューンの霊的絶叫によって傷ついたヴォドのもとに、クレイドとシルヴァーは急いで寄り添った。彼に起きた出来事が何かはまったくわからなかったが、不吉な予感を感じ取ったヴォドは、会議の場へと急いだ。

数世紀をかけて第一級のジェダイ学習センターをオッサスに作り上げた歳老いた図書館管理人オ

ダン＝ウーアが、その歴史的な会議を招集したのだった。マスター・アーカやマスター・ソン、ノーミ・サンライダー、回復したウリック・ケル＝ドローマたちを含む、時代を代表するジェダイ・ナイトたちが集まった。臨席したジェダイたちは、クラースが解放した危険なシス魔術によってダークサイドが増大する地盤ができつつあり、そうした邪悪が広がることを防ぐ必要があるということを話し合った。

会議の真っただ中に、大気圏を通過してきた無人ポッドが雨のように降ってきた。クラースの戦闘ドロイドの大群が、ジェダイ・ナイトたちを襲撃してきたのだ。ジェダイたちは、自らを防衛するために壮絶に戦ってドロイドを倒したが、悲劇も起きた。弟子のウリック・ケル＝ドローマの生命を救ったマスター・アーカが敵の砲弾に倒れたのだ。彼はジェダイ・マスターたちの中でもとくに優れたひとりだった。ウリックは、マスター・アーカを二度も危険にさらした自分の失敗に絶望した。この精神的ダメージが、彼をダークサイドへと誘うことにつながっていき、いつの日か銀河に大災厄をもたらすことになるのだった。

ジェダイ・ナイトたちが猛攻撃から立ち直ったころ、苦しみ抜いたウリックは重大な決心をした。暗殺ドロイドがテタで製造されたことに気づいた彼は、エンプレス・テタ星系へ行ってクラースに潜入し、内部から崩壊させることを誓ったのだ。このあまりにも無謀な行動をとろうとする性急な若きジェダイに、マスター・ソンはダークサイドの誘惑を警告した。しかし、ウリックは耳を貸さなかった。彼の弟ケイは、兄弟がともに結束してやるべきだと主張し一緒に行くと懇願したが、ウリックはきっぱりと拒絶した。彼は、マスター・アーカのためにも自分だけでやり遂げなければならないと言った。ノーミ・サンライダーに別れを告げたウリックは、募る想いをかろうじて断ち切り、シナガーを発った。

シスの廃墟コリバンで、エグザ・キューンは、生まれ変わった。彼は、空約束でフリードン・ナッドを出し抜けると思い込んでいたのだが、ナッドのほうがうわ手だった。ナッドの霊体はキューンに、数世紀前にナッド自身に教えを施したナガ・サドウが終焉《しゅうえん》を迎えたヤヴィン4へ行くようにと命じた。

隔絶された密林衛星で、エグザ・キューンは退化したマサッシの末裔に捕らえられ、古代の神秘的な寺院を発見した。彼らの最高位祭司のひとりは、シス魔術の装飾を身にまとい、完全ではないものの魔法の使い方を知っていた。マサッシの最高位祭司は、主寺院《メイン・テンプル》の下に住む巨大な怪物への生《い》け贄《にえ》としてキューンを鎖につないだ。キューンは、自分自身を救うためにもう一度ダークサイドに精神集中した。

フリードン・ナッドの亡霊が再び現れ、キューンの勝利を喜び、同志となり後継者になることを求めた。しかし、キューンはまったく耳を貸さなかった。彼がマスターしたシスの力はまだ煮えたぎっていた。キューンはナッドを激しく攻撃し、そのすべてを消し去った。ダークサイドを使うことはとてもたやすく思えた。

エグザ・キューンは、自分こそが古代技術の唯一の継承者、シスの暗黒卿であると宣言した。彼はマサッシを服従させて、シス建築様式に基づいて暗黒の力の収束点となるように設計した寺院を数多く造らせた。新しい奴隷たちを使って古代の廃墟の下をより深く掘ったときに、彼は遠い昔にナガ・サドウが埋没させておいた偉大なるシスの戦艦を見つけた。エグザ・キューンは、それを彼のものとした。

薄気味悪い〝堕落ジェダイ〟に変装したウリック・ケル＝ドローマは、クラースが反抗する者たちを一掃して手に入れた鉄壁都市シナガーに侵入した。突然の乱闘で、美女アリーマが殺人者に命を奪われかけた。ウリックはクラースに潜入する絶好の機会と喝破して、最終的な勝利を手にするためにこの恐ろしい戦いに挑んだ。彼は殺人者を倒し、殺されかけたアリーマを救った。ウリックの手は血にまみれ、さらなる堕落への一歩を歩み出してしまった。

アリーマはお礼として、ウリックを宮殿に連れて行った。彼を将来の恋人として引き留めるつもりだったのだ。だが、サタール・キートは非常に疑い深く、嫉妬《しっと》もしていた。キートは、ウリックをジェダイのスパイだとして尋問と拷問にかけたが、ウリックは繰り返し否定した。最終的にウリックは、キートにシスの毒を注入されたが、なんとかそれを中和することに成功した。しかし、その毒はその後のウリックの精神と行動に悪影響をおよぼしつづけた。ついにウリックは、クラース軍の将軍の地位を手に入れ、悪女アリーマの個人的なお気に入りとなった。

数か月が経過したが、ウリックからの連絡は来なかった。ノーミ・サンライダーは、ケイ・ケル=ドローマとトット・ドニータと一緒に彼の救出に向かった。ケイ・ケル=ドローマとドニータが軌道上にとどまっている間に、サンライダーはシナガーに降りて消息を追っていた。ライトセーバーで人を殺すことをためらった彼女はクラース軍に捕らわれて、サタール・キートとウリックの前に引き出された。キートはウリックを試すために、ジェダイのスパイの処置を彼に尋ねた。図星を突かれたウリックは、計画がばれることを恐れた。彼は、サンライダーが処刑されることに無関心を装った。

ウリックを永久に失ったことに絶望したサンライダーは、ジェダイの瞑想テクニックを駆使してシナガーの地下牢から脱出した。ウリックは彼女宛の秘密のメッセージを用意していた。サタール・キートがメッセージの伝達を妨害したことを知らないサンライダーは、ウリックが完全に裏切ったと信じ込んだまま宇宙船に戻っていった。ウリックがジェダイの侵入者であることを知ったサタール・キートは、部下にジェダイのスパイを殺せと命じた。だが、マスター・アーカ殺害者への怒りを爆発させたウリックは、大決闘の末、サタール・キートを殺害した。キートを葬ったことにより、ウリック・ケル=ドローマはアリーマと対等の立場を手に入れ、自らをクラースの新しい支配者であると宣言した。

ヤヴィン4最大の寺院の下にある華美に飾り付けられた瞑想室で、エグザ・キューンはシスの教

邪悪の覚醒

義を学び、非常に強力な力を身につけていた。彼はダークサイドの奇妙な錬金術に手を出し、監視獣として怪奇な双首の鳥たちを作り出した。また、マサッシをエネルギー補充源として服従させるために、彼らの子供たちを閉じ込める黄金の球体も作った。銀河を超えた彼の精神感応力は、エンプレス・テタ星系にもシス魔術の使い手がいることを感知した。新たなるシスの黄金時代を創る使命をもつキューンは、不要な敵対者であるウリックを倒すためにシナガーへ向かった。

そのころ、年長のジェダイ・マスターたちから墓穴を掘ることになると警告を受けたにもかかわらず、血気盛んなジェダイ・ナイトたち――ケイ・ケル゠ドローマ、ノーミ・サンライダー、トット・ドニータ――は、ウリックをクラースから連れ戻す救出任務を遂行していた。

シスの毒の影響と自らの悪行の結果、堕落したウリックは、自ら持つすべての軍事力を行使してジェダイたちに反撃を行なった。玉座の間で、目の前に立ちはだかったノーミに一瞬の躊躇を見せたウリックだが、最後の決断として彼女を退けた。自らの妄想に惑わされ、エンプレス・テタ星系における行動が重要だと宣言した彼は、ジェダイたちとの接触を断ち切った。失望と挫折を味わったジェダイ・ナイトたちは去っていった。

そして、ライトセーバーを手にしたエグザ・キューンが宮殿に乗り込んできた。彼とウリックは、ジェダイの剣を交えて激突した。戦いのさなか、ふたりが身につけていたシスの護符《アミュレット》が、ちらちらと輝きはじめた。彼らの前に古代のシスの暗黒卿マルカ・ラグノスが姿を現した。千年前、シスの支配者だった彼の死は、ナガ・サドウとルド・クレシュの間に内戦を引き起こした。ふたりに力を合わせることを命令したラグノスは、ウリック・ケル＝ドローマとエグザ・キューンの同盟が、失われたシスの栄光の復活予言を成就するのだと告げた。キューンとケル＝ドローマは手を結び、その未来を実現するためにはどんなことでもすることを誓った。

シス大戦　3996BBY

共和国が安穏としている間に、エグザ・キューンとウリック・ケル＝ドローマは彼らの力を統合していった。キューンは、意志の弱いジェダイたちをシスへと改宗させていた。彼はオッサスを訪れた。まるで予言者であるかのように、カリスマ的で強力な話術を使うエグザ・キューンは、狡猾なシスの教義をジェダイ学習センターに広めていった。キューンを崇拝するかつての訓練仲間であるキャサーのクレイドや他の若いジェダイの生徒たちは、次第に彼の声に耳を傾けた。クレイドの連れ合いのシルヴァーは動じなかった。

千年前の侵略時にナガ・サドウが使っていたシス・ホロクロンの現物を、歳老いたジェダイ図書館管理人のオダン＝ウーアが保管していることをキューンは知っていた。彼は、暗黒の遺産を盗み出し、止めようとした歳老いた管理人オダン゠ウーアを殺した。こうして、千年前のマスター・ウールーの予言は的中した。

エグザ・キューンは、図書館管理人オダン゠ウーアの死体を見つけた生徒たちに、彼はキューンにより多くの知識を与えるためにその身を捧げたのだと告げた。彼は翻心した一団をヤヴィン4のマサッシ寺院に連れ帰り、強力なシスの呪文でジェダイたちを彼に従わせた。キューンは、どうしてもと懇願する哀れなクレイドを副官にした。

ウリック・ケル゠ドローマは、そのころ、戦略的な戦争を展開していた。彼はクラース軍とアリーマのシス魔術を使って、前哨《ぜんしょう》基地と造船所に電光石火の攻撃を仕掛け、兵器と兵站《へいたん》の補給をしていた。次に、共和国政府に代わってシスが銀河を支配するために、彼は大胆にもコルサントへの総攻撃を仕掛けた。誠実なジェダイ――ノーミ・サンライダー、ケイ・ケル゠ドローマ、トット・ドニータ、マスター・ヴォドとソン――たちは、力を合わせて脅威に立ち向かった。フォースと光に取り囲まれたウリックは捕まり、追い返された侵略軍とともにアリーマは脱出した。力を奪われたウリックは、犯罪人として共和国の裁判にかけられた。

コルサントの大元老院議会において、ウリックの起こした犯罪と破壊のすべてが白日のもとにさらけ出された。ジェダイ騎士団は自治独立していたが、共和国の法律を守ることを誓っていた。共和国を裏切ることはジェダイ・ナイトには許されざる罪だった。ノーミ・サンライダーとケイ・ケル゠ドローマは、強情な彼らの友人のために嘆願を申し出た。しかし、ウリックは後悔の思いをまったく表さなかった。裁判に到着したマスター・ヴォドは、ウリックの単独行動の影に、彼の失われた生徒エグザ・キューンの暗き影を感じ取った。

ウリックの判決が宣告されようとしたとき、ドアが打ち破られ、凶暴なマサッシのボディガードに守られたエグザ・キューンが堂々と乗り込んできた。議会に姿を現した新たなるシスの暗黒卿はねじくれた力を使って、立会人に催眠術をかけ、元老院議長を操った。止めに入ったノーミとケイに、ウリックは旧友への情愛をかすかに残していたが、自分に干渉するなと厳命した。自信過剰なキューンは、彼の計画を誰も止めることはできないと宣言した。

だが、ヴォド＝シオスク・バスがフロアに降り立ち、彼に対峙した。エグザ・キューンは、修得したシスの魔術と双刃のライトセーバーを使って、かつてのマスターと戦った。キューンはシスの大義に協力するようにとヴォドを誘惑したが、ジェダイ・マスターは拒絶した。戦いは続き、ヴォドは次第に疲れをみせ、キューンは力を増していった。ついに、ヴォドがエグザ・キューンを必ず打ち倒すことを誓ったとき、暗黒卿のライトセーバーが閃《ひらめ》いて師を殺害した。勝利の宣言を元老院ホールに響かせながら、ウリックとキューンは、他のジェダイと元老院議員を置き去りにして去っていった。彼らは、ヤヴィン4の要塞に戻った。

死んだジェダイは、ヴォドひとりではなかった。ウリックの奪還に出発する前に、エグザ・キューンは、シスに憑依《ひょうい》された改宗者たちを自分たちの師を暗殺する狡猾な任務に送り出していた。多くの改宗者たちは死んだが、ジェダイ・マスターたちも共和国が揺らぐほど暗殺されてしまった。

マスター・ソンを殺そうとしたクレイドは失敗して逃げ出した。

ヤヴィン4に戻ったクレイドは、エグザ・キューンに失敗を告白し、暗黒卿に喜んでもらえる別のチャンスを求めた。ウリックとキューンは、キャサーに新しい仕事を与えた。彼とアリーマは、ナガ・サドウに埋められた古代シスの旗艦の強力な兵器を修復した。クロン星団を破壊して巨大な星間嵐を起こすために、キューンは彼らに兵器の使用方法を教えた。

キューンとウリックが自らの野望のために彼らを犠牲にしたことにも気づかないクレイドとアリーマは、敵を倒すことに目を奪われたまま出発した。クレイドはその無能さゆえに処罰され、アリーマはウリックが投獄されている間に部隊を乗っ取ろうとした裏切り者として処罰されるのだった。ふたりが古代のシス兵器を起動すると、兵器は操作不能に陥った。星団全体を吹き飛ばす超大爆発によって、ふたりは消滅した。恒星群の大爆発による輝く衝撃波は、キューンの望みどおりに、図書館惑星オッサスへと向かっていた。

オッサスの荒廃　3996BBY

オッサス撤退の狂乱のなか、ジェダイたちは、かけがえのない多くの遺産をできるだけ回収しようとしていた。この混乱のさなか、エグザ・キューンとウリックは、ライブラリー惑星の莫大な資産を奪うために襲撃部隊を送った。ライブラリーの管理人オダン゠ウーアの後任は、樹木生物のジェダイ・マスター、ウード・ブナーだった。彼は、迫り来る爆風から貴重な品々をすべて守りきれないことをわかっていた。エグザ・キューンと配下のマサッシ戦士たちが、貴重な古代のライトセーバーのコレクションを奪い去りに来ると、彼はすべてを埋めて隠してしまった。キューンとの戦いに敗れそうになったウードは、シスの暗黒卿を退けて宝物を守るために、オッサスの土壌からフォースを呼び集めて自分自身を巨大な樹木に変えてしまった。エグザ・キューンは、他の略奪品だけを持ってオッサスを発った。

超新星爆発の炎の波が破壊された惑星に近づくなか、ウリック・ケル゠ドローマは、共和国とジェダイの部隊と戦っていた。マスター・ソンのもとに娘のヴィマを預けたノーミ・サンライダーは、ウリックを見つけるためにトット・ドニータとケイ・ケル＝ドローマに合流した。戦闘機を駆って空中戦を繰り広げていたケイとウリックだが、ケイは撃ち落とされてしまった。ウリックは怒りのままにケイを襲った。ケイは実の兄を傷つけられずに防戦にまわっていたが、ウリックには、そんなためらいはまったくなかった。圧倒的激情に駆られたウリック・ケル＝ドローマは、友人でもあり、良き理解者でもあった弟を倒してしまった。ケイが死んでいくさまをじっと見つめていたウリックは、自分のしてしまったことに気づき、戦慄《せんりつ》にうちひしがれた。

ノーミ・サンライダーとトット・ドニータは、ケイ救出に間に合わなかった。取り乱したノーミは荒れ狂うフォースの能力で、ウリックからフォースの接触をはぎ取り無力化してしまった。もはや完全にジェダイ・ナイトではなくなったウリック・ケル＝ドローマは、本来の目的を見失っていたことに気づき、その痛みと苦しみによろめいた。マスター・アーカの仇を討つつもりで暗き道に踏み込んだのにもかかわらず、彼は敵以上の悪行をなしてしまったのだ。

シス大戦を終わらせる方法を知るウリックは、マスター・ソンと残ったジェダイたちに、ヤヴィン4にあるエグザ・キューンの司令部攻撃の調整役を申し出た。星間衝撃波が迫るなか、地表に根づく樹木となったジェダイ・ウード・ブナーに別れを告げ、ジェダイ・ナイトたちは隔絶された密林衛星へと旅立った。

キューンは、ジェダイの部隊が迫り来ることを知っていた。彼ひとりでは、ジェダイたちが結集させたフォースの力を阻止することは不可能だった。だが、彼は最後の一手を持っていた。キューンは、残ったマサッシたちを大寺院《グレート・テンプル》に集めると、自らの身体をピラミッドの収束点に鎖でくくりつけた。軌道上のジェダイ軍が奥深い密林を爆撃する光壁を作り出しはじめると、エグザ・キューンは忠実なマサッシ奴隷たちの力をすべて吸い取り、自らの生命力を放出した。彼は、巨大な建造物の中に充満した力を使い、永遠の命を得る究極のシス魔術を使った。だが、キューンは肉体を失い、自らが作り出した脱出不可能な牢獄に閉じ込められてしまった。彼の魂は四千年もの間、寺院に幽閉されつづけた。ルーク・スカイウォーカーが教えているジェダイ・アカデミーの生徒たちが、大混乱のもとになるとは知らずに彼を解放してしまうまで……。

密林にとてつもない大火を引き起こしたジェダイの攻撃は、樹木を焼き払い、寺院建造物を焦がし、すべてを焼き尽くした。完全なる勝利を収めたジェダイ・ナイトたちは、傷ついた共和国を復興させるために、その地から去っていった。こうして、シス大戦は終結した。

ウリック・ケル＝ドロ―マの贖罪　3986BBY

戦犯の汚名を背負ったウリック・ケル＝ドローマが、ジェダイの力を取り戻すことは決してなかった。世捨て人となった彼は、罪の亡霊に追われるようにして歴史の表舞台から姿を消し、惑星から惑星へと放浪を続けていた。シス大戦から一〇年後、彼は氷の惑星レン・ヴァールの放棄された要塞を終《つい》の棲家《すみか》とした。

ふたり目の愛する人となったウリックを失ったノーミ・サンライダーもまた傷ついていた。ふたつの愛は両方とも悲劇に終わった。彼女は人生のほとんどを政治とジェダイ・オーダーの再建に務めた。仕事に没頭していたノーミ・サンライダーは、感性豊かな娘のヴィマに十分な愛情をそそぐことができなかった。ノーミがジェダイの任務に追われている間、ヴィマは世話人に預けられていた。ふたりの強力なフォース感応者の子供として生まれたヴィマだったが、十分な訓練を受けていなかった。彼女は、ノーミが招集したエクシス・ステーションでの大ジェダイ会議から脱走した。ヴィマは、伝説上のウリック・ケル＝ドローマを見つけ出して、ジェダイの訓練をしてくれるように説得するつもりだったのだ。

ウリックの足跡を突き止めた少女は、あまり乗り気でない苦悩する男を説得し、彼のフォースに関する知識を教えてもらうことになった。力は使えなくとも、彼はヴィマに名誉と任務について多くのことを教えていった。彼の心は少しずつ和み、ヴィマもまた彼を一度も会ったことのない父のように親愛の情を感じていった。

キャサーのジェダイであるシルヴァーは、彼女の連れ合いのクレイドの死に対する怒りを克服することができず、ウリックをいまだにいまいましく思っていた。彼女は不運なガラクタ漁り屋ハッ

押し寄せる悲劇。ケイの死を嘆くウリックと、救出に間に合わなかったトットとノーミ

ゴンの助けを取り付けて、逃走したままの少女を半狂乱になって探しまわった。彼女はヴィマを探し出して、ウリックに罪の償いをさせることを誓っていた。

ウリックの血の贖罪を求めてシルヴァーとノーミ・サンライダー、ハッゴンが到着したとき、ヴィマは彼女の師をかばい、立ちはだかった。シルヴァーとノーミは、彼が罪の代償を非常に多く払っていたことをヴィマによって説得され、ついに怒りと痛みを乗り越えた。しかし、歴史に足跡を残したがっていたハッゴンが、ウリックを背後から撃ち殺してしまった。

誰もが驚いたことは、フォースに接触ができなかったにもかかわらず、ウリック・ケル＝ドローマが光の中へと消えていったことだ。彼の輝きは、どんなことがあったとしても、彼が精神的にも魂的にも真のジェダイ・マスターになったことを証明していた。

ヴィマ・サンライダーのジェダイ・ナイトとしての第一歩はそのようなものだったが、彼女は多くを学び、当時最高のジェダイのひとりとなっていった。

ヴィマ・サンライダーとマスター・ソン

共和国への影響　4000〜3000BBY

シス大戦の混乱から数年間は、統合と復旧が続けられていた。その間には、さらなる衝突とジェダイの武勇伝が残されている。そのひとつがカンズーの争乱と呼ばれる地域的暴動で、五〇億人もの命を奪った悲劇的結末を引き起こした。

アーガズダのミリアル暫定総督はシス大戦の混乱に乗じて、開拓領域のカンズー宙域を掌握する軍事独裁政権を樹立した。ジェダイの隙をついたミリアルの軍隊は、住民の奴隷売買に服従しないロールドを含む惑星群を爆撃した。奴隷支配者たちから話すことを禁じられたロールディアンたちは、天賦の才能を発揮して言語を使わずに意思伝達をする特性を身につけた。共和国を離脱したカンズー宙域は、ジェダイの尽力によって政権が倒されるまでの三世紀の間、全体主義国家として君臨しつづけた。

家母長制のヘイピーズ・コンソーティアムは、シス大戦と同じころに成立した。ウリック・ケル＝ドローマとエグザ・キューンが共和国を崩壊状態に追い込む数十年前、マスター・アーカ・ジェスを含むジェダイ・ナイトの一団がヘイパン星団を訪れ、数世代にわたって共和国の輸送を食い物にしていた野蛮なロレル・レイダースを一掃した。ロレル・レイダースの隷属から解放されたヘイピーズ・コンソーティアムの女性たちは、女性支配社会を樹立し、全権を専制君主クイーン・マザーに預けた。そして、何世紀も経ち、ヘイピーズのクイーン・マザーは星団の宙境を封鎖した。新共和国のプリンセス・レイア・オーガナが歴史的な外交手腕で障壁を取り除くまで、コンソーティアムは三千年もの間、ほぼ完全な独立を保ちつづけた。

現時代から三千年前、伝説的な開拓者女性フレイア・カレアが素晴らしい新ハイパースペース航路を切り開いた。銀河の端から端までを縦断する驚くべきハイディアン・ウェイだ。ハイディアン・ウェイは、スライスと呼ばれた狭いくさび形のコロニー世界を広範囲に拡げ、銀河文明のスケールを根本的に変えてしまった。

復活する邪悪な存在

新たなるシス　2000～1000BBY

シスの黄金時代の消滅とともに、シスの源種族も歴史の霧の中に消えていった。だが、彼らが崇めた邪悪な存在と古代シス卿の教義は、共和国の安定を揺るがしつづけた。時の流れとともにシスの名は、フォースのダークサイドを信奉するカルトを意味するようになっていった。

帝国が成立する二千年前、ジェダイ評議会《カウンシル》の教義に背いたひとりのはぐれジェダイ・ナイトが、エグザ・キューン並みのシス・オーダーを設立した。時とともに、他のジェダイ・ナイトも背教者に同調しはじめ、共和国は彼らの深刻な脅威にさらされることとなった。シスの支持者たちは、その後千年にわたって力を増しつづけ、ついに共和国に戦争を仕掛けた。ジェダイが反撃に出たが、シスは内部分裂を起こし、自滅してしまった。協力し合うことを嫌ったシスの弟子たちは、お互いに反目し合い壮絶な大量殺戮を引き起こした。

わずかな生き残りのひとりであるシス卿カーンは、〝力による支配〟という暗黒の旗印のもとに二万人の信奉者を集めて銀河独裁政権を創ろうとした。彼があわただしく集めたその場しのぎの軍隊は、偉大なジェダイ・マスター、ホス卿に行く手を阻まれた。光明の部隊《アーミー・オブ・ライト》は暗黒の同盟を圧倒し、七回の巨大な戦いが行なわれたルーサンへと追いつめた。

暗黒の同盟は、二度の戦い以外はすべて敗北し、その勢力を一〇分の一まで減らしていた。ホス卿は、敵の無条件降伏を期待していた。だが、邪悪なカーンと同盟者たちは地下室に身を隠し、暗黒の力を使って、フォースのエネルギーが沸騰する大釜のような〝思考爆弾〟を作り上げた。

翌朝、戦いで命を落とした勇敢なジェダイたちの残骸がぶらぶらと吊り下げられた身の毛もよだつ入り口を通って、ホス卿と光明の部隊は敵陣営に突入した。地下の大きな谷間にて、闇の支配者

ルーサンの戦い

と光の守護者が対峙した瞬間、カーンは〝思考爆弾〟を発動させた。凄まじいエネルギーの爆発によって、光明の部隊と暗黒の同盟はひとり残らず全滅した。数千人の肉体から分離した魂を吸い込んだ爆裂の中心は、打ち破ることのできない均衡状態を作り出し、すべてを閉じ込めてしまった。すべての魂は、均衡を打ち破る強力なフォースの使い手が来るまで、ジェダイの谷に囚われる運命となった。ルーサンの原住種たちは予言を残した、「ひとりの戦士が来たとき、戦いが起き、囚人は解放されるだろう」と。その予言は、エンドアの戦いの一年後まで成就することはなかった。

ルーサンの後、ようやくシス・オーダーを根絶したとジェダイたちは誤信した。だが、シス卿ダース・ベインだけは脱出していた。彼はシスの知識を残しておくために、新しい弟子を手に入れた。このとき、彼は誰にもわからぬように秘密裏に事を運んだ。シスが滅ぶことを防ぐために、目立つような行動を避けたのだった。

千年の時を越えて、シスは生き残りつづけた。シス卿はどんなときも同時期に師と弟子のふたりだけ、というダース・ベインの厳格な命令は守られていた。シスは、ダークサイドについて瞑想し、教義を成文化していった。彼らは、隠遁《いんとん》生活をする修道士のように俗世との接触を断ち、ジェダイ・ナイトを倒すチャンスを待っていた。

勇猛なジェダイ　600〜4000BBY

シスの影響がなくなっても、何人かのジェダイ・ナイトが邪悪なる道へと堕落した。ジェダイ評議会は、堕落ジェダイたちをめったに処刑せずに、彼らがマスターたちの教えを思い出してライトサイドに戻ることを願って、原始的な惑星へと追放した。

パルパティーンが台頭する六〇〇年前、アリヤという名の堕落ジェダイがダソミアの未開の森林に追放された。この起伏の多い惑星は、長い間、共和国の最悪の犯罪者の流刑コロニーとして使われていた。アリヤはフォースを使って、囚人を隷属させ、ダソミアの野獣ランカーを飼い慣らした。後年、アリヤは多くの娘たちをもうけ、彼女が知る限りのフォースの使い方を教えた。女性が支配するこの社会は、結局、フォースを先祖から受け継いだ魔法だと思い込んだ〝魔女〟たちの世界となっていった。

ダソミアの魔女たちは、二〇〇年後に、惑星の地表に巨大なジェダイの訓練船〈チューンソア〉が墜落するときまで、共和国の注目を引くことはなかった。〈チューンソア〉の乗員たちを救うために、多くのジェダイ・ナイトと助手を伴って来た有名な三人のジェダイ・マスター——グラトン、ヴァラタン、ヨーダ——たちは、原住の魔法使いたちの攻撃を受けた。多大な損害を被ったジェダイたちは撤退したが、彼らの再訪は実り多いものだった。マスター・ヨーダは豊かな見識で、魔女たちの指導者と平和的な解決交渉をした。

共和国中で任務を続けた他のジェダイたちの中には、後の世に重大な出来事を起こす要因を作った者たちもいた。ナム・コリオスを訪れたハットのジェダイ、偉大なるベルドリオンは、惑星のクリスタル・エネルギーが自分のフォース・パワーを増大させることを発見した。ベルドリオンは、姑息《こそく》にも地元の支配者となった。

他にも、ヤヴィン4を訪れたイクリットという名の小さなクシバンのジェダイは、数千年前にエグザ・キューンが錬金術の魔法によって創り出した黄金球を発見した。球内に閉じ込められたマサッシの魂たちを解放する能力が自分にないことを悟った彼は、たとえ何世紀かかろうとも、呪いを破る者が現れるのを待つために、自身をジェダイの冬眠状態に置いたのだった。

PART Ⅱ

帝国と新秩序

帝国による暗黒時代を知るものにとっては、皇帝パルパティーンの専政が絶対的で揺るぎのないものだったことは、まだ記憶に新しいだろう。皇帝自身、帝国は千年以上も続くものだと自惚《うぬぼ》れていたのだ。

しかし、パルパティーンの権勢が、残虐行為と暴力によって権力を増大させてから、帝国は頽廃《たいはい》の一途をたどり、レジスタンスの芽が吹き出すのにそう時間はかからなかった。帝国と反乱軍の衝突は〝銀河市民戦争（銀河大戦）〟として知られるが、これはわれわれの歴史の中でも最も重要な一時代であるといえる。

新しい秩序

帝国の誕生　約50～18BBY

帝国の誕生は、単純にパルパティーンが皇帝を宣言した、あの暗黒の日から始まったとすべきではないだろう。生徒諸君は、まず、そのような事態に陥ることになった状況をよく考えなければならない。一千世代も続いた旧共和国は、なぜ、あのように突然崩壊したのか？

共和国は自らの成功に足下をすくわれたのである。ぶざまに膨張しきった政府は銀河の全領域を監督下に置こうとしていたが、〝抑制と均衡〟のシステムが、逆にあだとなって、簡潔に決定が下されることが不可能となっていた。多くの議員や惑星総督が、この太古並みに古い政治機構なら放っておいても従っていくであろう、といった希望的観測に支配されていた。そして彼らは、法律の制定や、有権者の要望に対処するといった努力をあきらめるようになった。怠惰と慢心が習慣化し、次第に怠惰は頽廃へと変貌していった。

そのような状態でもなお、野心的で大げさな計画を企てる役人たちはいた。その一例が、カタナ艦隊である。旗艦の名の下に編成された、この共和国宙軍の誇りは、従属装置を持つ二〇〇隻のドレッドノートから成る大艦隊であった。だが不運なウイルスの感染によって、旗艦〈カタナ〉の乗員が発狂するという事故が発生した。艦はでたらめなハイパースペース座標に跳躍し、従属回路《スレーブサーキット》によって追従した残りの一九九隻とともに、どこへともなく姿を消したのだ。それから半世紀以上もの間、行方不明となったのである。この大失態により、すでに高まっていた共和国の指導力に対する不信はさらに強まることになる。

ナブー選出の狡猾な議員パルパティーンは心得顔の笑みをたたえつつ、政府の腐敗する様を眺めていた。多くの星系を擁する宙域の代表であるパルパティーンは、元老院の中で最も経験豊富にして尊敬された議員のひとりであった。彼は、愛想を尽かした市民がより強力な指導力を求めてくる時期が来るのを見据えて、舞台裏にて着々と計画を進めていった。彼の偉大なる夢の実現の前に立ちはだかる最大の障壁は、おそらくジェダイ・ナイトたちであろう。

そのころ、ジェダイはまだ共和国の守護者にして護衛者であったが、何世紀もの間に政治と政府にがんじがらめにされてしまい、働きが鈍っていた。共和国元老院議長は、特使、調査員、および平和維持の役目をジェダイ・ナイトに依頼することができた。ジェダイの本部はコルサントにあり、政庁所在地からそう遠くない場所に位置した。不公平なことにジェダイのイメージが汚されたのは、おそらく政治家の不誠実のせいであろう。

関税討議などという些細《ささい》なことから、共和国が帝国へと変貌を遂げたというとばかげた話に聞こえるかもしれない。だが、邪悪なる支配者が派手に登場することなどはあまりない。この関税問題とは、アウター・リムからミッド・リムにおよぶハイパースペース通商航路にかけた関税を国債の支払いにあてるという、まったく凡庸な解決策BR三七一条が導入されたことだ。そして予測どおりに、この条例は大小の輸送業者の抵抗を受けることになる。どの業者も、リム領域で独占的な商売を行なっている複合企業、通商連合《トレード・フェデレーション》ほど巨大なものはなかった。パルパティーンが熱心にこの条約を推したのは、おそらくトレード・フェデレーションの活動を後押しするためであろう。というのも、彼らが迅速に行動することが、パルパティーンの長期計画を完全なものとする導入部であったからだ。シスの暗黒卿ダース・シディアスの勧告によって、トレード・フェデレーションはナブーを封鎖した。

シスの策略における単なる駒のひとつでしかなかったトレード・フェデレーションは、ドロイド軍団を使ってナブーを占領し、引っ込みがつかないところまで事態を進展させた。この衝撃的な事件を元老院議会に伝えたナブーのアミダラ女王は、故郷の民を見捨てた元老院議長フィニス・ヴァローラムに対する不信任動議を提出した。

共和国の初期には、元老院を突然分裂させるような議長罷免《ひめん》の評決などをすることはありえなかった。しかし、元老院にほとんど友人を持たず、汚職のスキャンダルに巻き込まれていたヴァローラムの不信任はただちに決議され、後任の候補者の名前が何名か挙げられた。ドロイド軍に包囲された故郷ナブーへの同情票がパルパティーンに集まり、ずる賢いこの議員は旧共和国時代の最後の議長となったのだ。

同じころ、銀河を越えた不思議な出会いが起きた。トレード・フェデレーションの封鎖からアミダラ女王を救い出したジェダイ・マスターのクワイ=ガン・ジンは、彼女が元老院に救援を求めることができるように手助けを行なっていた。そのさなか、砂漠の惑星タトゥイーンで九歳の少年奴隷と遭遇する。少年アナキン・スカイウォーカーは、フォースの強力な潜在能力を秘めていた。アナキンこそが、古代ジェダイが予言したフォースに均衡をもたらす〝選ばれし者〟であるということを、すべての事象が指し示していた。クワイ=ガン・ジンは、アナキンを奴隷の身から解放して、試験と検証を受けさせるためにコルサントのジェダイ聖堂《テンプル》へと連れ帰った。

ジェダイ評議会のメンバーはアナキンの能力に驚いたが、彼をクワイ=ガン・ジンのパダワンとして訓練させることに反対した。九歳という歳は、ジェダイの訓練開始の年齢制限をはるかに越えていたからだ。一方、メイス・ウィンドゥの心配事はシス再来の可能性だった。クワイ=ガン・ジ

トレード・フェデレーションのナブーへの侵略

ンは、タトゥイーンでジェダイのような技を使う戦士と戦ったと報告した。ルーサンの戦いで、シスが絶滅したと認定されてから千年が経っていた。謎の襲撃者を表舞台に引きずり出すため、クワイ=ガン・ジンはもう一度ナブーへ戻ることになった。

その使命は悲劇的結末をもたらした。後にダース・モールと判明した襲撃者は、ライトセーバーの戦いでクワイ=ガン・ジンを倒したが、モール自身も命を落とした。マスター・ヨーダが反対するなか、ジェダイ評議会はクワイ=ガン・ジンの遺言に敬意を表し、アナキン・スカイウォーカーをパダワンのひとりとすることを許可した。クワイ=ガンのかつての弟子オビ=ワン・ケノービはアナキンを弟子とし、最善を尽くして彼を訓練することを誓った。だがオビ=ワンの指導にもかかわらず、訓練は最終的には失敗に終わった。十余年後、アナキン・スカイウォーカーはダークサイドを受け入れてパルパティーンと同盟を結び、シスの暗黒卿ダース・ヴェイダーを名乗ることになるのだった。

ナブーの戦いの後、ジェダイによる〝外宇宙航行プロジェクト〟が発表されたが、パルパティーンはこの機会を逃さなかった。ジェダイ・マスターたちは、フォースを使って銀河を取り巻くハイパースペース乱流を突破して、銀河系外の生命体を探索することになっていたが、その機会が訪れることはついになかった。銀河の端を目指して未知領域《アンノウン・リージョン》を航行するジェダイ・マスターたちの乗る探索船を、パルパティーンの密命を受けた機動部隊が待ちかまえていたのだった。

後に帝国の大提督となるスローンが、この事件に関与したとされる証拠が数多く残されているが、

ジェダイ・マスター、
クワイ=ガン・ジン

シスの戦士ダース・モール

この事件によって銀河系外の生命体と接触するという計画は完全に頓挫《とんざ》してしまった。

　この後、ナブーの戦いから二年後、メイス・ウィンドゥの命令を受けて、奇妙な惑星ゾナマ・セコートの探索に向かったジェダイ・ナイトのヴァーゲアが謎の失踪《しっそう》をした。その一年後、ゾナマ・セコートを調査したオビ＝ワン・ケノービと新しいパダワンであるアナキン・スカイウォーカーは、ヴァーゲアが未知の異星人種族に捕らえられた可能性があることを突き止めた。

　クローン大戦は銀河における暗黒時代であった。旧共和国の無数の惑星が狂った戦火に焼き尽くされ、不毛の地と化した。多くの歴史資料が破壊され、この時代の記録も、皇帝の力が強大化していく過程で抹消された。書庫惑星オブロア＝スカイにも、クローン大戦やジェダイの粛正、皇帝の戴冠《たいかん》に関する詳細についての情報は皆無なのだ。この時代に関する新たなる情報ができるだけ早く発見されることを願う。ただし、われわれが〝警告的議論〟を恐れるあまり、この暗黒時代の歴史を修正することを躊躇したならば、歴史家として怠慢のそしりを受けることは免れないであろう。一連の出来事を正しく整えた歴史として語るには、確かな証拠と確固たる信念が必要なことを忘れてはならない。

　クローン大戦の混乱は、プファァッシュのダーク・ジェダイの激しい暴動から引き起こされた。ネジャ・ハルシオンとジェダイ・ナイトたちは、スーゼヴィにあるダーク・ジェダイのもうひとつの隠れ家を破壊して危険を排除した。だが、ダーク・ジェダイを信奉するジェンサライたちとのつながりは切れてしまった。後にルーク・スカイウォーカーに発見されるまで、何十年にもわたってジエンサライたちは自らの教えを秘密裏に広めつづけていった。

パルパティーンは敵対勢力を計画的に消し去っていったが、まだ絶対安全とはいいがたい時代だったので、公に自身の力を行使することはなかった。クローン大戦の後、パルパティーンは惑星カーマシへの攻撃を企んだ。〝徳治主義的平和〟を旨とするカーマシは多大な尊敬を受けていたので、パルパティーンは彼らを脅威として感じていたのだった。パルパティーンの工作員は、ボサンの妨害者グループの助けを借りてカーマシのシールド発生装置を破壊して、惑星破壊攻撃を用意した。一方、元老院でパルパティーンに敵対する者のひとりである能弁なセティ・アシュガッドは、逮捕されて荒涼としたナム・コリオスへと追放された。

権力を拡大したパルパティーンは、ただちに最大の脅威ジェダイ・ナイトたちの殲滅《せんめつ》を行なった。〝ジェダイ狩り〟と呼ばれる流血の改革によって、何千人ものジェダイ・マスターやナイトたちが命を奪われ、生き残った者は身を隠した。かつてはジェダイ騎士団《オーダー》の一員であったアナキン・スカイウォーカーは、皇帝の右腕ダース・ヴェイダーとして残虐非道の限りを尽くした〝狩り〟を行なったと伝えられている。

旧共和国政府の意味のない悪あがきも見過ごすことはできなくなっていた。十分な権力を持ったパルパティーンは自らを皇帝と僭称《せんしょう》して、指導力を欲していた銀河市民に明確な指針を示した。パルパティーンが約束する新体制《ニュー・オーダー》は、脆弱さには力を、混沌《こんとん》には秩序を、優柔不断には決断力を約束した。人々は沸き立ち、熱狂した。

こうして帝国の時代が始まった。

帝国の始まり

異議の兆し　約18～0BBY

当初、帝国の真価は未知数だった。この新体制に賛同する議員もいれば、何が起こるか慎重に見守る議員もいた。

だが、パルパティーンは支配力を堅固なものとするために、時間を無駄にしなかった。皇帝は、ジェダイの抹殺以外にも戦艦と超兵器を配備することに情熱を燃やした。彼は、戦艦と超兵器の性能を併せ持つ小惑星形状の〈アイ・オブ・パルパティーン〉という超巨大な戦闘衛星の建造を命じた。ベルサヴィスに避難していたジェダイたちを抹消するため、〈アイ・オブ・パルパティーン〉は秘密裏に建造が進められていた。幸運なことに、皇帝の兵器はジェダイの工作員によって停止させられ、ベルサヴィスにいた避難民は見知らぬ地へと脱出した。

ジェダイの虐殺を、喜ぶ市民もいれば、苦悩に首を横に振る者もいた。崇高な精神を持った議員らは、由緒正しい〝抑制と均衡〟による官僚機構に則って、皇帝の過激な行動に歯止めをかけるこ

新たなる皇帝パルパティーン

とができると考えていた。だが、〝ゴーマンの虐殺〟によって彼らの考え方は間違っていたことが証明された。

コア・ワールド付近のサーン宙域の惑星ゴーマンで平和的な反税デモが行なわれていた。デモ参加者の真上に戦艦が着床して、何百人もの死傷者を出したのだ。パルパティーンはこの行為を賞賛し、船のターキン艦長をモフに昇進させた。

ゴーマンの虐殺事件をきっかけに、旧共和国の理想がついえたことを実感したオルデランのベイル・オーガナ議員は、シャンドリラのモン・モスマとともに、新秩序に対抗するための反乱軍を組織するための秘密会合を始めた。

一方、皇帝は自身の望みどおりに銀河の改造を続けていた。コルサントはインペリアル・センターと名を変え、人間以外の種族はひどい迫害を受けるようになり、反奴隷法は無効となった。さらに、一般市民がホロネット通信システムにアクセスすることを制限し、各惑星が帝国の宣伝以外のニュースを受信することを阻んだ。新秩序施行監視委員会《COMPNOR》が発足し、民衆の思想統制を強化した。

パルパティーンはとくに軍事力の拡大に注力した。帝国宙軍は、一隻で惑星ひとつを制圧する力を持つインペリアル級スター・デストロイヤーを数千隻も配備し、帝国地上軍は恐るべきＡＴ-ＡＴおよびＡＴ-ＳＴ装甲ウォーカーでその名を知らしめた。また、特殊部隊のストームトルーパーが作り出された。いたるところに姿を見せるこの白い装甲兵は、帝国軍の軍事力を誇示するための究極のシンボルとなった。

ベイル・オーガナとモン・モスマは帝国の軍備に対抗する策を練っていたが、モン・モスマは、その歯に衣着せぬ発言が災いし、反逆罪に問われて告訴されてしまった。死刑が確実となった彼女は、その身を隠して迫害を受けている惑星を次々と訪れて、爆発寸前の反乱運動について説いてまわった。反政府的扇動は惑星から惑星へと飛び火していった。だが、それはまだ明確に焦点の定まっていない非組織的なものだった。

ヤヴィンの戦いの二年前、コレリアン協定が調印された。これは反乱の歴史上、記念すべき出来事であった。三大反体制組織が共和国を再建するためにひとつになったのだ。ベイル・オーガナ、モン・モスマ、そしてコレリアのガーム・ベル・イブリスの三人の議員が協定書に署名をした。一般的には反乱同盟軍と呼ばれる共和国再建同盟は、モン・モスマを頂点とした明確な階層構造を作り上げ、これを維持した。そして、急速に軍事力の増強を図っていった。モン・モスマは、反乱軍の最前線を守る巨艦を調達するために、モン・カラマリの造船所と秘密交渉を行なった。一方では、インコム社から離反した一団が、新型戦闘機Xウイングの試作機と設計図を彼らに提供した。

同盟軍は何千もの惑星を利用していたが、部隊を統率し戦略計画を立てるための総司令部は一か所に限定した。最初の司令部はシェレリア星系の小惑星に作られたが、その後ダントゥインに落ち着くまで、ブリッギア、オリオンⅣ、さらにいくつかの惑星へと何度も場所を移動した。ダントゥインは、古代の偉大なジェダイ・ナイトたちにゆかりのある静かな場所で、マスター・ヴォド＝シオスク・バスが多くの強力な生徒を訓練したところでもあった。

敵対勢力の拡大に警戒心を強めた皇帝は、恐怖攻撃作戦を発動させ、モン・モスマと彼女の支持者たちをつぶそうとした。しかし、激しい戦いを勝ち抜いた同盟軍艦隊は、フリゲート鑑〈プライアム〉を拿捕《だほ》し、スター・デストロイヤー〈インヴィンシブル〉を破壊するという目覚ましい戦果をあげた。

恐怖攻撃作戦を産んだ帝国軍の精神的土壌は、ラルティアでのひどい蹂躙《じゅうりん》を引き起こすことになった。ラルティアは、最も繁栄し、安定した帝国領内の惑星だった。ラルティア最高評議会内の反乱軍同調者の異議申し立てに対して、惑星の支配権を奪取した帝国軍の襲撃部隊は、著名な市民を検挙して尋問および拷問を行なった。ターキンの腰巾着であるタイオン卿がラルティアの統括にあたった。

リムの惑星群は長年にわたって組織的に蹂躪されつづけていたが、ゴーマンの事件から以降、コア・ワールドの惑星がそうした残虐行為の対象になることはなかった。この直後、ラルティアの苦悩さえ吹き飛んでしまうような悲劇がオルデランを襲うわけだが、それが同時に帝国に対する怒りを爆発させる副次的効果をもたらしたことは確かであった。日を追うに従って、さらに多くの惑星が帝国に対する革命に参加するようになっていった。

反乱同盟軍は明確な姿を現しはじめた。

反乱同盟軍の指導者モン・モスマ

PART Ⅲ

歴史の側面

銀河の歴史は、戦争や征服者たちの一掃とか偉大なる軍隊や恐ろしい発見の叙事詩に満ちている。最も基本的なことは、歴史とは個々の人々の物語である。皇帝パルパティーンとモン・モスマなどは、人物そのものではなくてその時代時代に社会規範をどのように提示したかによって、いろんな層から崇められたり恐れられたりしている。

とは言うものの、どんなに偉大な英雄でも最初から数十億もの生命に影響を与えられるような存在ではなかった、ということは覚えておくべきである。

ルーク・スカイウォーカーの若々しい勇気ある行動だけでなく、ハン・ソロやランド・カルリジアンのような〝ならず者〟の出現なくしては、プリンセス・レイア・オーガナは帝国に捕らえられて命を奪われ、第二デス・スターはエンドアで同盟軍艦隊を壊滅させていたであろう。未来の歴史家のためにも、いかにして彼らが今日の英雄となったのかを少しでも理解できるように、彼らキー・パーソンに若きころの話や曖昧な記録を聞いて、年代的な整理をしておいた。

ハン・ソロ

コレリア人の孤児

ハン・ソロは両親の顔をまったく知らない。彼は、捨て子を拾い集めていたギャリス・シュライクという名の詐欺師に引き取られるまで、幼少時の記憶を失ったままコレリアでひとりぼっちだった。ソロは青年時代まで、シュライクのよく組織化された貿易商一族――物乞い、スリ、大掛かりな窃盗を生業《なりわい》としていた――のおんぼろ輸送船〈トレーダーズ・ラック〉の乗員のひとりとして過ごした。子供たちは、〝仕事〟を失敗すると死ぬほど折檻《せっかん》を受けていた。

ソロの子供時代で唯一明るい話は、子供たちの母代わりの世話役でもあった、シュライクが雇った料理人である親切な女性ウーキーのデュランナと出会えたことだった。彼女はソロに、ウーキーのシリウーク語を理解できるように教えてくれた。

ソロは、自分の両親を知りたがっていたが、その糸口は決して与えられることはなかった。彼が見つけた唯一の親戚は、従兄《いとこ》にあたる残忍なスラッカン・サル=ソロだけだった。その後、ヒューマン・リーグと呼ばれる異星人排斥組織の指導者として再び彼の前に現れるサル=ソロとは、ハンが不愉快な反撃をしてから縁が切れた。コレリアの反乱で、サル＝ソロが新共和国を苦しめるより三〇年以上昔のことである。

数年の間に、ハン・ソロは盗みと喧嘩のエキスパートになっていった。彼のスウープ・レーサーとしての腕前は、シュライクに多額の賞金をもたらした。金銭詐欺をするために、〈トレーダーズ・ラック〉が星系から星系へと行くたびに、彼はさまざまな異星人の言葉を覚えていった。一七歳のとき、ソロはイカサマ仕事がばれて当局に捕まり、ジュビラーの誰でも参加自由の格闘技大会に無理やり出された。彼は、三人のはるかに大柄な敵を倒し、大会を勝ち抜いたが、〈トレーダーズ・ラック〉に戻ると、シュライクは反抗的だといって彼を容赦なくぶちのめした。

イリーシア　10BBY

一九歳のとき、ソロはロボット制御の貨物専用船に忍び込んで〈トレーダーズ・ラック〉から逃げ出した。貨物船は、無法地帯のハット・スペースにある熱帯の世界イリーシアへと乗客を届けた。イリーシアは、銀河における宗教の修養地として自星を宣伝していたが、本当はハットの犯罪一族

ハン・ソロの元恋人ブリア・サレン

ベサディの支配する非人道的なスパイス加工惑星だった。イカサマ宗教の空約束に釣られる心弱き帰依者たちは、イリーシアに連れてこられグリッタースティムとライルの工場で働かされていた。

ハン・ソロは、ベサディ・ハットとその一味である最高位司祭テロエンザが扱うスパイス貨物を運ぶ仕事に就いた。報酬もよく面白い仕事だったが、ソロは美しい女性のほうに心を奪われていった。

彼は〝巡礼921〟と呼ばれるブリア・サレンと恋に落ち、彼女を奴隷状態から救い出すことを誓った。脱出時にソロとサレンは、主要なグリッタースティム工場を破壊し、最高位司祭テロエンザの超高価な芸術収集品を強奪していった。彼らは宇宙ヨットを盗み、隣のコロニーに囚われていたトゴリアンを大胆にも縄ばしごで助け出し、イリーシアから脱出した。

アカデミー時代　10～5BBY

ベサディのハットたちは、かなりの賞金をハン・ソロの首に懸けたが、彼の偽名ヴィク・ドレイゴしか知らなかった。ソロは、帝国アカデミーに入隊して宙軍士官になるという新しい人生を始めるために、自分の網膜パターンを変える費用をイリーシアの略奪品を売ることで得ようと考えていた。帝国銀行の疑い深い支配人がソロの怪しげな口座を凍結したときに、彼は大きなショックを受けた――そのうえ、ブリア・サレンまで彼から離れてしまった。

すべてを失い自暴自棄になったソロだが、偽造IDの入手と網膜を手術するための金だけは手にすることができた。ベサディ一族が偽名の彼を探していたので、彼は帝国アカデミーに入るときには本名を使った。入隊前夜、過去からの醜い影――ハットの賞金目当てのギャリス・シュライク――が、彼の前に立ちはだかった。他の賞金稼ぎと違い、シュライクはソロの偽名を知っていたのだ。

幸運にも、もうひとりの賞金稼ぎがシュライクを撃ち殺した。激闘の末にようやく第二の賞金稼ぎを殴り殺した。それから、彼と自分の衣服とIDを取り替え、何者か特定できないように死体の顔を撃った。ベサディのハットたちが知っているヴィク・ドレイゴは、これで死んだことになる。

人生において初めての自由と透明な時間を手に入れたソロ士官候補生は、帝国で最も名高い軍事アカデミーのあるカリダ行きの兵員輸送船に乗り込んだ。それから四年以上の間、たぐいまれなる才能を証明していったが、模範的な生徒ではなかった。ある悪名高い訓練時に、すばらしい直感力で不調をきたしたU33軌道ロードリフターを着床させた彼は、パイロット・インストラクターのバデュア中尉から器用者《スリック》というニックネームをつけられた。他にも、ソロの級友マコ・スピンスが一グラムの反物質で、カリダの小型衛星を吹っ飛ばしたこともあった。

こうした失敗があったにもかかわらず、ソロはクラスのトップになり、スーンティア・フェルを打ち負かして卒業生総代の栄誉を受けたのだった。

卒業から八か月間、帝国宙軍の任務に就いていた。約束されていたはずのコレリアン宙域艦隊での将来は、上級将校の虐待からウーキー奴隷を助けたことによって、あっという間に失ってしまった。この不名誉な除隊によって、民間のパイロット業務にはまったく就職できなくなってしまった。

しかし、ウーキーのチューバッカはソロへの〝命の借り〟を誓い、彼の行くところならどこへでもついて行くと約束した。ソロは、最初チューバッカがあきらめるように仕向けていたが、背丈が二メートル半もある牙《きば》を剝いたウーキー仲間がいることが、撃ち合いや酒場の喧嘩のときに有利に働くことに気がついていった。

正業に就く望みがなくなったソロとチューバッカは、犯罪シンジケートで働くためにハット・スペースへと向かった。

ハン・ソロの相棒チューバッカ

密輸業者生活　5～2BBY

ハット政治は陰謀に満ちていた。ナル・ハッタでは、ふたつの最も強力な一族――アラクと息子のダーガ率いるベサディィ、ジリアクと甥《おい》のジャバが率いるデシリジク――が競い合っていた。ベサディ一族はイリーシアのスパイス事業を支配していたが、デシリジクはタトゥイーンや他の重要拠点を押さえていた。彼らは、策略をめぐらせつつも致命的な紛争は避けていた。

密輸業者の月ナー・シャッダでソロとチューバッカは、ソロのアカデミー時代の旧友マコ・スピンスから違法なハットの仕事を紹介してもらった。彼らはお互いの相棒となって数か月を過ごすうちに、女マジシャンのザヴェリ、密輸業者の整備工シャグ・ニンクスや美しく魅惑的な技術士サラ・ゼンドのような型破りの奴ら、数十人と出会った。彼らは、隠れ家や地獄の穴のようなスマグラーズ・ランやケッセルを訪れ、ソロはモー・ブラックホール星団沿いを通る危険なケッセル・ラン貨物航路を飛ばす腕を学んでいった。ソロのパイロットとしての腕前はジャバ・ザ・ハットの目を引き、すぐに彼はデシリジク一族の定期的な密輸業務を請け負うこととなった。

ライバルのベサディ一族から賞金を懸けられたままのソロにとっては、ハット上層部の片棒を担ぐのは危険なゲームだった。イリーシアでは、ヴィク・ドレイゴ——五年前に死んだと報告されていた——がハン・ソロという名で生きていた証拠が明らかになり、テロエンザを驚かせた。さっそく、隠れているソロを捕らえるために、銀河一の賞金稼ぎが雇われた。

賞金稼ぎのボバ・フェットは、ソロを追ってナー・シャッダまで来たが、〈ミレニアム・ファルコン〉という名の改造されたYT1300の所有者であるランド・カルリジアンによる機転のきいた救出劇によって邪魔をされてしまった。パイロットとしての腕前がいまひとつだったカルリジアンは、ソロに基本的な飛ばし方を教えてもらうと、直ちに〈ファルコン〉を駆ってラファ星系へと旅立ち、さまざまな冒険をしていくのだった。

その間、ソロは姿を隠して、ザヴェリの六か月にわたるイリュージョン・ツアーにマジックのアシスタントとして同行し働いていた。彼は戻ってくると、まがい物だが格安のソロスーブ・スターメイトを手に入れ、彼をふった愛するブリア・サレンの名を取って〈ブリア〉と命名した。

帝国の突然の精査により、ナー・シャッダのすべての正常な生業が凍結されることになった。モフ・サーン・シルドは、ハットの無法な領域が帝国から多くの不当な利益を得ていると宣言した。公的発表によると、シルドはナル・ハッタを封鎖し、ナー・シャッダを完全に叩きつぶすことを決定していた。

ハットは典型的な慣習に倣った。彼を買収するために、彼は使者をシルドの事務所に送り込んだ。

モフに話を聞く気がないとわかると、ハットは標的を、攻撃を直接指揮する将校のグリーランクス提督に移した。グリーランクスは、彼の戦闘計画を売り渡すことに簡単に同意するであろうことが判明したからだ。ハットたちは提督の戦闘計画から、防衛網を組織して自分たちの宇宙船を守るための正確な位置を割り出し、帝国艦隊に戦略的な撤退をしなければならないほどの損傷を与えることを望んだ。

この企みは完全にうまくいった。ナー・シャッダの戦いは、地方の限定的な戦いであるとされたため、ドレッドノート以上の戦艦は投入されなかった。さらに今日では、少し歴史的注釈が付け加えられている。しかし、自分たちの住処《すみか》を守るために一致団結した破れかぶれの密輸業者がいなければ、圧倒的に不利な賭け率《オッズ》をひっくり返すことはできなかっただろう。そのときには気づくことはなかったが、ハン・ソロはアカデミー時代の級友スーンティア・フェル——ドレッドノート〈プライド・オブ・セネト〉の艦長——と戦っていたのだった。グリーランクスの三隻のドレッドノートの一隻が破壊されると、戦いはあまりにも早すぎる終わりを迎えた。これ以上の損害を避けることを口実に、提督はハイパースペースに退却した。

ナー・シャッダの戦いでは大活躍したが、ハン・ソロは〈ブリア〉を失ってしまった。新しい宇宙船を手に入れるための資金を稼ぐため、ソロは年に一度行なわれるサバック大会——その年はクラウド・シティのヤリス・ベスピンのカジノで開催——に参加した。ソンボカの冒険から戻ったばかりのランド・カルリジアンも、多くの対戦相手のひとりだった。名簿に載っているプレーヤーは

ナー・シャッダの戦い

次第に減っていき、最後のふたりがカード・テーブルを挟んで向かい合った。ソロはついに最後の手でサバック選手権の優勝をもぎ取り、カルリジアンの中古船の店にあるどれでも好きな船を獲得する権利を得た。ソロは〈ミレニアム・ファルコン〉を選んだ。

新しい宇宙船を得たことを祝って、ソロとチューバッカはウーキーの故郷のキャッシークを訪れた。チューバッカは彼の恋人、マーラトバックと結婚した。同じころ、ソロは密輸業者仲間のサラ・ゼンドと重大な関係に巻き込まれたが、婚約への恐怖から彼はゼンドを捨てて、ハット・スペースを完全に飛び出し、金持ちになることを夢見てチューバッカとともにコーポレート・セクターへと向かった。

コーポレート・セクター・ブルース　2〜1BBY

半独立のコーポレート《C》・セクター《S》・オーソリティ《A》は、多くの点で帝国よりひどかった。CSAの支配者は、社会運動を嫌い、利益の追求を邪魔だてする者に対して容赦ない対応をしていた。ソロが到着する前に、CSAは荒涼とした岩だらけのマイタスⅦにスターズ・エンド刑務所の複合建築物を完成させていた。反体制派、扇動者、密輸業者や他の厄介者たちは、スターズ・エンドの拘留室に人知れず投獄されていた。

ソロは、ビッグ・バンジとブルーヴォ2-4-1のちょっとした密輸業を請け負っていたが、消えた反体制派を探している隠密チームと出くわした。チームのメンバーの中には、労働ドロイドのボラックスと、その胸の空洞に隠れているポジトロニック・プロセッサーのブルーマックスがいた。チューバッカが捕まってしまったので、ソロはCSAのスターズ・エンド刑務所破りをするという無謀な決心をした。

芸人の一座のふりをしたソロと彼のチームは、空気のない小さな惑星に上陸し、短剣形の刑務所タワーに連れて行かれた。ソロの命令で、ブルーマックスは刑務所の反応炉《リアクター・コア》に過負荷を引き起こした。混乱のさなか、チームは友人を解放して脱出した。スターズ・エンドの動力装置は、ソロの予定よりはるかに大きな爆発を起こした。爆風は、刑務所の対衝撃フィールドと一緒に、惑星の地表までも漏斗状に吹き飛ばした。重力が低いうえに空気もなかったので、タワーは軌道近くまで打ち上げられた。

タワーは、弧の頂点まで達するとマイタスⅦの岩だらけの地表へと落下していった。タワーの中に囚われていたチューバッカと他の囚人を救出するためにドッキングした〈ファルコン〉は、時間との戦いを強いられたが、スターズ・エンドの地表に激突する直前に離脱することができた。未確認の報告によると、CSAはばらばらになった建物の各構造を引き揚げてつなぎ合わせて、他のと

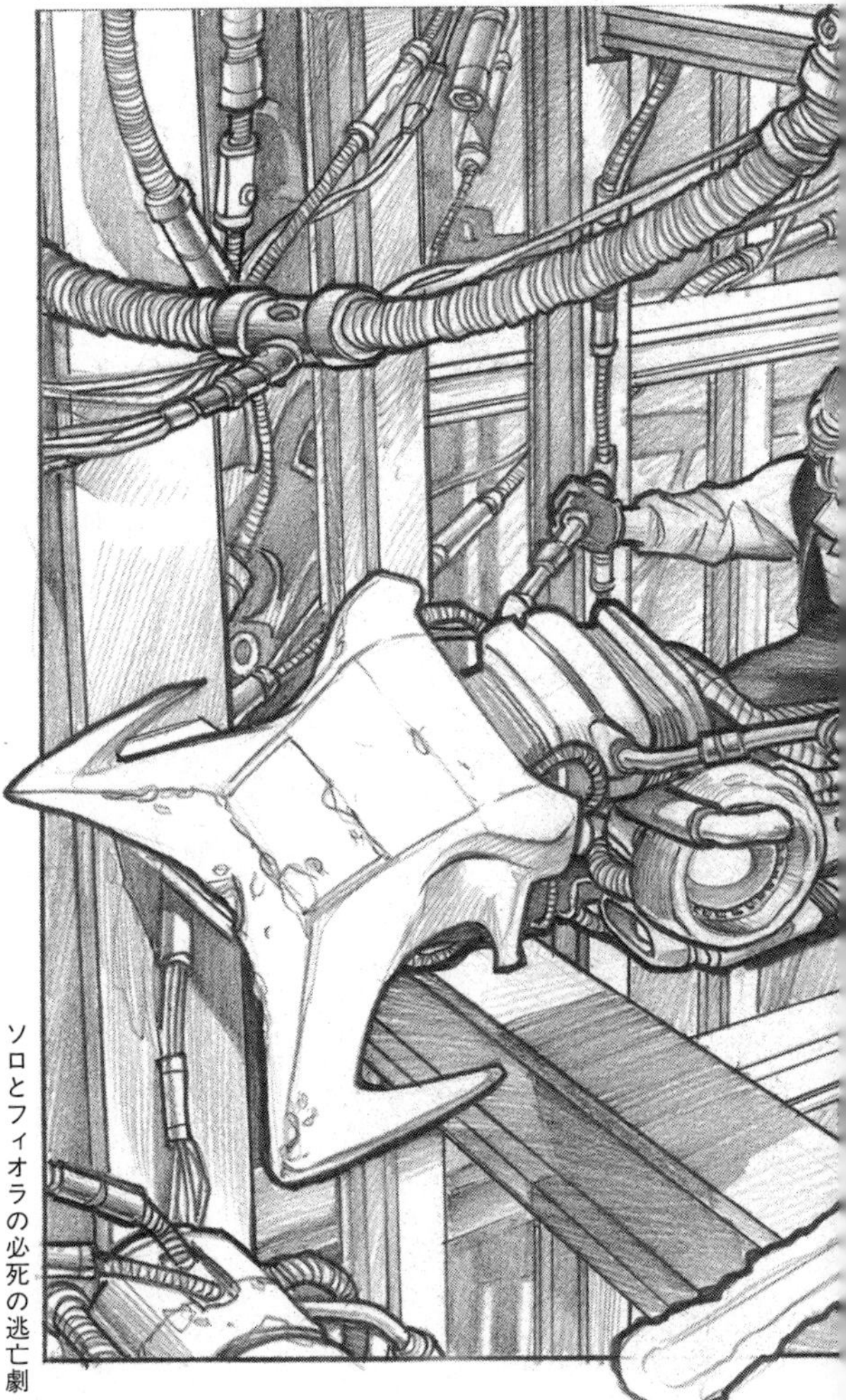

ソロとフィオラの必死の逃亡劇

ころに設置し直しているという。今日では、新共和国とCSA当局の間で妥協的な交渉があったという噂もある。

ソロとチューバッカそして、ボラックスとブルーマックスは行動をともにしていた。彼らは不毛の惑星カマーで、砂漠に住む原住昆虫種族にホロ映画「水の都ヴァーン」を見せてしまい、新興宗教ヴァーンを引き起こしてしまった。ソロが退屈なタップダンス・ミュージカル喜劇を見せると、水崇拝主義のカマーリアンは怒りに駆られて、偽予言者と彼の空飛ぶ大戦車を追いかけていってしまった。それ以来、ヴァーンのカルト信者は凄まじい勢いで、モン・カラマリ、ベンガット、ヴァーンに福音主義宗教を設立していった。

コーポレート・セクターに戻ったソロは、一万クレジットでラーからの荷物を運ぶ契約を請け負った。荷物が奴隷だということを知った彼は、奴隷商人を敵にまわして捕虜を解放した。そのうえ、ソロは誰が一万クレジットも出して彼を雇ったのかを突き止めるために、奴隷商人たちをボナダンまで追跡していった。そこで出会ったロードのフィオラはCSAの監査官補佐だったが、ソロの密輸業者仲間が諜報活動に有益であると判断して、ソロに助力を申し入れた。奴隷商人が彼らを襲撃したとき、ソロはスウープに飛び乗り、ギャリス・シュライクに鍛えられた腕を駆使して追跡を振り切った。

彼らは、奴隷商人仲間のつながりをたどって惑星アムードにたどり着いた。ソロとフィオラは豪華客船に搭乗した。一方、チューバッカとドロイドたちは、オダミンという名のCSA領域マネージャーとともに〈ファルコン〉に乗っていた。

オダミンは密かに奴隷商人一味をたたく画策をしており、すでにアムードに工作員を送り込んでいた。その工作員とは、伝説的な早撃ちガンマンとして知られているガランドロだった。ガランドロは決闘で一族のひとりをすでに捕まえていた。一族はハン・ソロを用心棒として雇い、ガランドロから身を守った。アムードの支配者一族は紛争を回避してくれたお礼に、奴隷商人一味を裏切り、彼らとの関わりと仕事に関する資料を渡してくれた。ソロとフィオラは奴隷商人たちからの報復を受けたが、CSAのヴィクトリー級スター・デストロイヤーに救出された。

領域マネージャーのオダミンは、ソロたちの協力に感謝を表すと同時に、CSAの法律を破った者として起訴しようとしていた。機転をきかせて先手をとったソロはオダミンとフィオラを人質にとり、無条件釈放と一万クレジットを交渉によって勝ち取った。

タイオンの荒廃　1〜OBBY

CSA宙軍パトロールは、〈ミレニアム・ファルコン〉を「見つけ次第破壊せよ」という命令を受けていた。ソロ、チューバッカとドロイドのボラックス、ブルーマックスは、もはやコーポレート・セクターにいるべきではないと悟り、アウター・リムへと逃亡した。その後数か月の間に、一万クレジットを修理費用として使い果たしてしまった。一文なしになった彼らは、発展途上のタイオン・ヘゲモニーで、グリグミンの航空ショー・ツアーの整備工として働いていた。

ソロは、この厄介な仕事で得た儲けを少しでも増やそうと、ラドリグ大学への貨物輸送をした。そこで彼は、カリダ時代にパイロット技術を教えてくれた古い友人バデュアと再会した。〝トルーパー〟というあだ名のバデュアは、〈クイーン・オブ・ランルーン〉という伝説の失われた宇宙船を必死に探していた。暴君ジムの全盛期に建造された〈クイーン・オブ・ランルーン〉は、征服した千もの星からの略奪品を満載していた。ジムは惑星デラルトに宝物殿を建設したが、伝説によると、その宇宙船は宝物とともにどこかに消えてしまったのだ。

バデュアと多足生物のルーリアン学者のスキンクスに誘われたソロは、〈ファルコン〉で未開のデラルトに降り立った。直後に、〈ファルコン〉はバデュアのライバルたちに奪われ、山脈の反対側に持ち去られてしまった。船がなくては未開の地の探索はできず、ソロと友人たちは山裾から山頂まで徒歩で登らざるをえなくなった。生死をかけた戦いで、ソロは狩猟ナイフで顎《あご》を切られた。その傷は決して癒《い》えることはなく、今日まで残っている。

雪に埋もれた高地を辿っていった彼らは、生存者《サバイバー》と呼ばれる不思議なカルト集団に捕らえられてしまった。サバイバーは、近親交配によって退化した〈クイーン・オブ・ランルーン〉の名誉ガードたちの末裔であった。彼らは、千世代以上もの間、暴君ジムの戦闘ドロイド軍と一緒にデラルトの宝物を守ってきたのだった。ソロたちはサバイバーの手を逃れて、〈ミレニアム・ファルコン〉を請負労働鉱業の宿舎に着床させた。そこには傭兵の早撃ちガランドロが、ソロに仕返しをするために待ちかまえていた。

両者が事をおこす前に、ジムの戦闘ドロイドの隊列が立ちはだかった。ドロイドたちは古代の遺物ではあったが、命令どおりに従って容赦ない効率で宿舎を破壊しはじめた。ボラックスとブルーマックスは、誘導周波数を自動制御軍隊に送って窮地を脱した。殺人ドロイドたちは、壊れかけた吊り橋へと行進していった。彼らは信号に従って密集して進みつづけ、行進の振動に耐えきれなくなった吊り橋と運命をともにした。

わずかな生き残りのひとりガランドロは、ジムの宝物と引き替えにソロに対する仕返しをやめると言った。〈ファルコン〉の四連レーザー砲は、頑丈な門をあっという間に破壊した。ところが、彼らが隠された宝物庫に到達すると、ガランドロは本性を現し、襲いかかってきた。

ガランドロは、一対一のブラスター対決でソロを出し抜き、ソロの肩を撃ち抜いた。そして彼はスキンクスを追っていった。しかし、多足生物のルーリアンにだまされた彼は、武器持ち込み禁止の部屋へ入ってしまった。ガランドロは、数十のレーザー弾を受けて灰と化した。

これが伝説的ガンマンの最期だった。だが、アノビスのコロニーには彼の幼い娘アンヤがいた。四半世紀後、アンヤ・ガランドロは、ハン・ソロの新たな頭痛の種となるのだった。

ソロは暴君ジムの宝物がとても高価な宝石であろうと思っていたのだが、そこにあったのはキイリウムとマイタグ・クリスタルだけだった。ジムの時代には高価な代物だったとしても、いまの時代では無用の長物だった。スキンクスが多くの歴史的遺物の解読と目録作りのためにデラルトに残り、ボラックスとブルーマックスもルーリアンとともに残ることを決めた。ソロとチューバッカはハット・スペースへと戻っていった。

スキンクスはデラルト計画に関する研究の第一人者として、考古学界に知られることとなった。一〇年におよぶ研究の後、彼は自らの種のライフサイクルによって知性のないクロマ＝ウイングへと変態した。彼の子孫アミサスは、統一ルーリアン・コロニーのリーダーへと成長した。アミサスは、エンドアの戦いの一五年後、〝スローンの手〟事件のときに、スローン大提督にルーリアンの忠誠を誓うことになる。

再びイリーシアへ　OBBY（ヤヴィンの戦いの数か月前）

ハン・ソロとチューバッカは、帰ってきた英雄としてナー・シャッダで歓迎を受けた。しかし、多くのことが、彼らのいない間に起きていた。デシリジク一族は、ベサディ一族の老リーダー、アラク・ザ・ハットをひそかに毒殺していた。それからの二年間、アラクの息子ダーガはベサディを支配下に置き、水面下でプリンス・シゾールと犯罪シンジケート、ブラック・サンからの助けを得ていた。父の死の真実を知らされたダーガはデシリジクの宮殿へと踏み込み、一族のリーダー、ジリアクに古いしきたりに従った決闘を挑んだ。敵対するハットふたりが激突した。巨大な身体が激突し、太い尻尾を巨大な棍棒《こんぼう》のように打ち合い、全力を尽くした決闘が続いた。激しい消耗戦の末に、ダーガはついに勝利を手にした。

ジリアクの死亡により、デシリジク一族はジャバの支配下に置かれた。ジャバは、ベサディ一族を失墜させるために、彼らの主な収入源であるイリーシアのスパイス加工施設を破壊する計画に着手した。彼は、ハン・ソロの元恋人ブリア・サレンに連絡を入れた。

サレンは、皇帝パルパティーンに対抗するグループの秘密工作員になっていた。彼女は、モン・モスマの提唱した、多くのレジスタンスを統一した反乱同盟軍を結成するというコレリアン協定の土台作りに貢献していた。ジャバは、イリーシアに総攻撃をかけてスパイス工場を破壊し、ベサディ一族からすべてをはぎ取るというサレンの申し出に賛同したのだった。反乱軍は、奪い取ったスパイスを市場で売り払い、自らの組織拡大の資金にするつもりであった。

ハン・ソロとブリア・サレンは、ナー・シャッダで再び恋に落ちた。スパイス利益の半分をもらう約束を取り付けたソロは、ランド・カルリジアンや密輸業者仲間たちとイリーシア攻撃に合流し

モー星団をかすめ飛ぶ〈ミレニアム・ファルコン〉

た。ジャバがイリーシアの司祭を暗殺するためボバ・フェットを差し向け、その任務を遂行中に、密輸業者と反乱軍は熱帯惑星に侵入してコロニーを猛攻撃した。犠牲者は多く出たが、まもなく、侵略者たちはすべての敵を排除してスパイス工場を確保した。だが暴動が収まると、サレン中佐と反乱軍兵士は、密輸業者の同盟を裏切り、すべてのスパイスを奪い去っていった。

その裏切りは、ソロに二重のショックを与えた。彼とサレンは最悪の別離を迎え、ソロ自身も仲間たちからの信頼をすべて失った。さらに、ランド・カルリジアンから、もう二度とそのツラを見たくないと突き放された。

最後のスパイス・ラン　OBBY（ヤヴィンの戦い直前）

裏切りと絶交を受けたハンとチューバッカは、ナー・シャッダに戻る途中、ジャバの仕事を請け負いケッセル・ランを飛んだ。スパイス商人モルース・ドゥールの密告で帝国の税関船の追跡を受けた彼らは、〈ミレニアム・ファルコン〉でモー・ブラックホール星団をかすめる命がけのコースを強いられた。にもかかわらず、ソロは、臨検を避けるためにスパイスの積み荷を捨てざるを得なかった。莫大な損害を被ったジャバは激怒した。

　裏切り者の烙印を押されたソロは友人から金を借りることもできず、ジャバから借金を完済するのに十分な稼ぎをするため、タトゥイーンに行くのを全儀なくされた。そこで、彼をずっとつけ狙っている賞金稼ぎボバ・フェットと突然の再会をした。しかしこのときだけは、フェットはソロの首に興味を示さなかった。律儀なフェットの望みは、かつてブリア・サレンと交わした約束を果たすことだった。もしも彼女が死んだときには、彼女の父親に連絡をするという約束をしていたのだ。彼は、トプラワの反乱同盟軍の任務中にサレンが死んだことを確認していた。ソロは、サレンの悲劇を彼女の家族に伝えることに同意した。

　初恋の女性の死によって、ハン・ソロの人生はひと区切りの幕を閉じた。しかし、新たなる始まりが彼を待っていた。コレリア人の密輸業者はモス・アイズリーの暗く煙る酒場に大股で入っていった。それは、オルデランまで行かなければならないと言う砂漠の住民ふたりと彼の運命的な出会いだった。ソロはまもなく予期せぬ混乱に巻き込まれ、借金の返済ができないままジャバ・ザ・ハットから多額の賞金を懸けられてしまうこととなった。こうして、彼は実に忙しい人生を送ることになってしまった。

ランド・カルリジアン

プロのサバック・プレーヤー

最も扱いにくい英雄のランド・カルリジアンは、若いころから愛想のいい腕の立つ起業家としての頭角を現していた。あいにく、彼の経歴は突拍子もないものが多く、彼の人となりはしばしば誤解を招いていた。結果的に、カルリジアンは謎に満ちた人物と評されていた。

野心的な男であることだけはその雰囲気から推測できた。反面、いつも勝ち目のない賭けに大金をかける魅力的なギャンブラーとも見られていた。幸運にも、カルリジアンは二〇代後半にして大金持ちになっていた。それは、ハン・ソロや同時代の仲間たちからの証言や歴史的資料から確認することができた。

ヤヴィンの戦いの四年ほど前、カルリジアンはプロのサバック・プレーヤーもしくは詐欺師として、ばかな奴らから大金を巻き上げていた。カルリジアンは、ときには大損をしたが、勝つときには目をみはるほどの大勝ちを収めていた。彼は、高価な衣装に身を包み、いい女たちと美食に明け暮れる毎日を送っていた。

彼は、〈スター・オブ・エンパイア〉などの豪華客船に乗り、銀河中を周り歩いていた。ベスピンのサバック勝負で、借金のかたにおんぼろのコレリア製貨物船をぶんどったカルリジアンは困惑していた。操縦技術を学ぶのは金がかかりすぎるし時間もかかるが、ドジを踏んだときの脱出手段としては最適だ。それに、宇宙船はいつでも金に換えることができる。

彼は、操縦技術を身につけるために、ハン・ソロを雇った。密輸業者だが公正なサバック・プレーヤーであるハン・ソロは、ハット・スペースでいちばんの操縦士だった。彼はタイミング良くソロに出会えた。カルリジアンは、ソロに銃口を突きつけた賞金稼ぎのボバ・フェットの前に立ちはだかり、フェットを倒したのだ。彼は従順薬物を賞金稼ぎに注射して、銀河の果てまで飛び去るように命じた。感謝したソロは、カルリジアンに操縦技術をタダで教えることになった。

シャルーの目覚め　4BBY

カルリジアンはのみ込みが早かったが、貨物船をひとりで飛ばすことは非常に難しいことだった。操縦の腕前はまだまだだったが、とにかく彼はハット・スペース以外のどこかへ早く行きたかった。

彼は、ボバ・フェットが復讐《ふくしゅう》に戻ってくるはずだと思っていた。それにナー・シャッダは、詐欺師にとってはカモの見つけにくいところだった。カルリジアンは、辺境のセントラリティ領域にあるオセオン星系の裕福な小惑星帯へと向かった。普通、オセオンはギャンブラーの天国なのだが、カルリジアンはあまりついていなかった。それでも、オセオン星系の隣に位置するラファ星系に置いてあるドロイドの所有権を勝ち取った。カルリジアンは、ラファⅣの賞品を手に入れるため、すぐにオセオンを発つ準備をした。

〈ミレニアム・ファルコン〉をオセオン2795に着床させることがひどく難しかったことを思い出したカルリジアンは、無名のクラス5操縦ドロイドを借りた。濃密な大気のラファⅣへの着床は、かなり難しいことだからだった。

ラファ星系のすべての惑星は、古代のシャルーが築いた巨大なプラスチック・ピラミッド群に覆われていた。カルリジアンの訪れたころには、シャルーははるか昔に絶滅した原始種族だったと考えられていた。彼らの難攻不落のピラミッドは、開くことができなかったので一度も探索されたことがなかった。現在の星系の住民は、トーカまたは〝壊れた人々〟と呼ばれていた。トーカの見かけは素朴で単純だったので、コロニーでは安上がりの奴隷労働者として利用されていた。

カルリジアンは、勝ち取ったドロイドを受け取りにラファ星系に着いた。そのドロイドは、ヴァッフィ・ラーという名前を持ち、ヒトデ形で五つの脱着可能な足を自慢げに見せる個性的なものだった。カルリジアンは、まもなくこの変なドロイドが見た目以上におかしいことに気づいた。

シャルーの古代秘史の出現

カルリジアンは、でっち上げの罪で植民地総督に逮捕されてしまう。彼と彼の新しいドロイドは、タンドの魔術師ロクール・ゲプタの部下にされてしまった。神秘的な灰色の外套《がいとう》をまとった魔術師は、古代のシス教義の信奉者であり、シャルーのマインドハープとして知られている伝説の宝物を手に入れたがっていた。

カルリジアンは、マインドハープのピラミッドを開けるために作られた次元転送キイを与えられた。あいにく、ラファ星系には数千ものピラミッドがあり、どのピラミッドがそれなのか誰も知らなかった。カルリジアンは、最も大きいピラミッドのあるラファVから手をつけた。ところがトーカの弓部隊の待ち伏せを受け、クリスタルのライフ・ツリーに縛り付けられてしまった。カルリジアンを夜中の冷気で凍死させようとしたのだ。

しかし、ヴァッフィ・ラーが彼を救い出し、ふたりは最も大きなピラミッドを調査した。彼らは、そこで悠久の昔から置かれていたマインドハープを発見した。それは、常に次元を越えて形を変える不思議な物体だった。

カルリジアンは、古代のシャルーが想像もできないくらい恐ろしい異星人の脅威にさらされたことを知った。地下に逃げ込んだシャルーは、防衛のためプラスチック・ピラミッドの下に自分たちの都市を隠し、ライフ＝クリスタルの樹を使って一時的に彼らの知性を抜き取ったのだった。彼らは、シャルーのマインドハープという途方もなく素晴らしい宝の噂も広めた。別の文明がマインドハープを再起動できるまで進化したときに、シャルーは安全に隠れ家から出られるようにしていたのだった。

ラファⅣの植民地総督はマインドハープを奪い取り、犯罪者コロニーで死ぬまで働けとカルリジアンに宣告した。ヴァッフィ・ラーが再び彼を助け出したとき、惑星は激しい地震に見舞われた。

植民地総督が作動させてしまったマインドハープが低周波振動を放射して、惑星すべての社会基盤をひっくり返してしまった。ピラミッドは砕け散り、塵《ちり》の中から奇妙な新しい都市が出現した。原住民族トーカに知性と記憶が戻り、彼らは伝説のシャルーとして復活した。

数週間にわたってラファ星系を完全に封鎖していた未知のフィールドが消えると、驚くべき異星人の都市が拡がり、まったく違う文明が姿を現した。シャルーは〝劣等種〟などまったく相手にしなかった。人間の都市のほとんどは地震によって修復不能になっていた。生き残った入植者たちは、かつて軽蔑していた者たちのもとから逃げ出さねばならなかった。ラファ星系との交易は事実上なくなった。

一方、この出来事はラファを研究していた自然科学者にとっては恩恵となった。カルリジアンは、彼らに英雄として歓迎された。シャルーは、研究者たちを追放しなかったが協力もしなかった。結局、シャルーの歴史とテクノロジーの詳細な情報は得られることはなかった。

皇帝パルパティーンは、シャルーを脅威と見なして星系外に監視体制を常設したが、軍を侵攻させることはしなかった。新共和国は、考古学のためにオブロア研究所のメンバー五〇〇人による探索チームをシャルーに送り込んだ。

ナー・シャッダの戦い　3BBY

カルリジアンとヴァッフィ・ラーは、マインドハープの活性化の起動後数時間以内に、稀少なライフ=クリスタルを満載した〈ファルコン〉をハイパースペースへと突入させ、星系から安全に脱出した。ライフ=クリスタルには首に巻くと寿命が延びる効能があると言われており、ラファの輪出品の中で最も高価なものだった。シャルーの復活によって、ライフ=クリスタルは貴重品として急騰した。カルリジアンは、大量のライフ=クリスタルを入手した最後のひとりとなり、おかげで、二五万クレジットを手に入れることができた。

彼は、ナー・シャッダに戻ると、商売をやめたデュロスから中古船店を買い取った。しかし、商売を続けていくことはとても難しく、ヴァッフィ・ラーに手伝わせたにもかかわらず、予想外の経費がかかった。帝国が侵略を開始したときから、カルリジアンは、無駄を省くことを考えていた。ナー・シャッダの戦いでは、カルリジアンは他の数百人の密輸業者とともに戦闘に参加し、帝国軍の攻撃を首尾よくかわした。ヴァッフィ・ラーは、天才的な腕前で〈ミレニアム・ファルコン〉を操縦し、ブラスターを撃ちまくった。

しかし、ナー・シャッダの戦いによって、カルリジアンの中古船の店は終わろうとしていた。カルリジアンは、戦いに備えた仲間たちへの義理を感じて在庫を大量に差し出していたのだ。すべてが終わったとき、彼の財産は一〇分の一になっていた。カルリジアンは古くからの友人ロアに店の所有権の九〇パーセントを売ったが、損害は莫大でどうやって人生を立て直すかが課題として残った。

彼は残った財産のすべてを、クラウド・シティのヤリス・ベスピンのカジノでまもなく開催される予定のサバック大会に懸けるつもりだった。それだけが、カルリジアンの損害を取り戻すただひとつの道だった。だが、不運にも参加料は一万クレジットだった。すべてを精算してもカルリジア

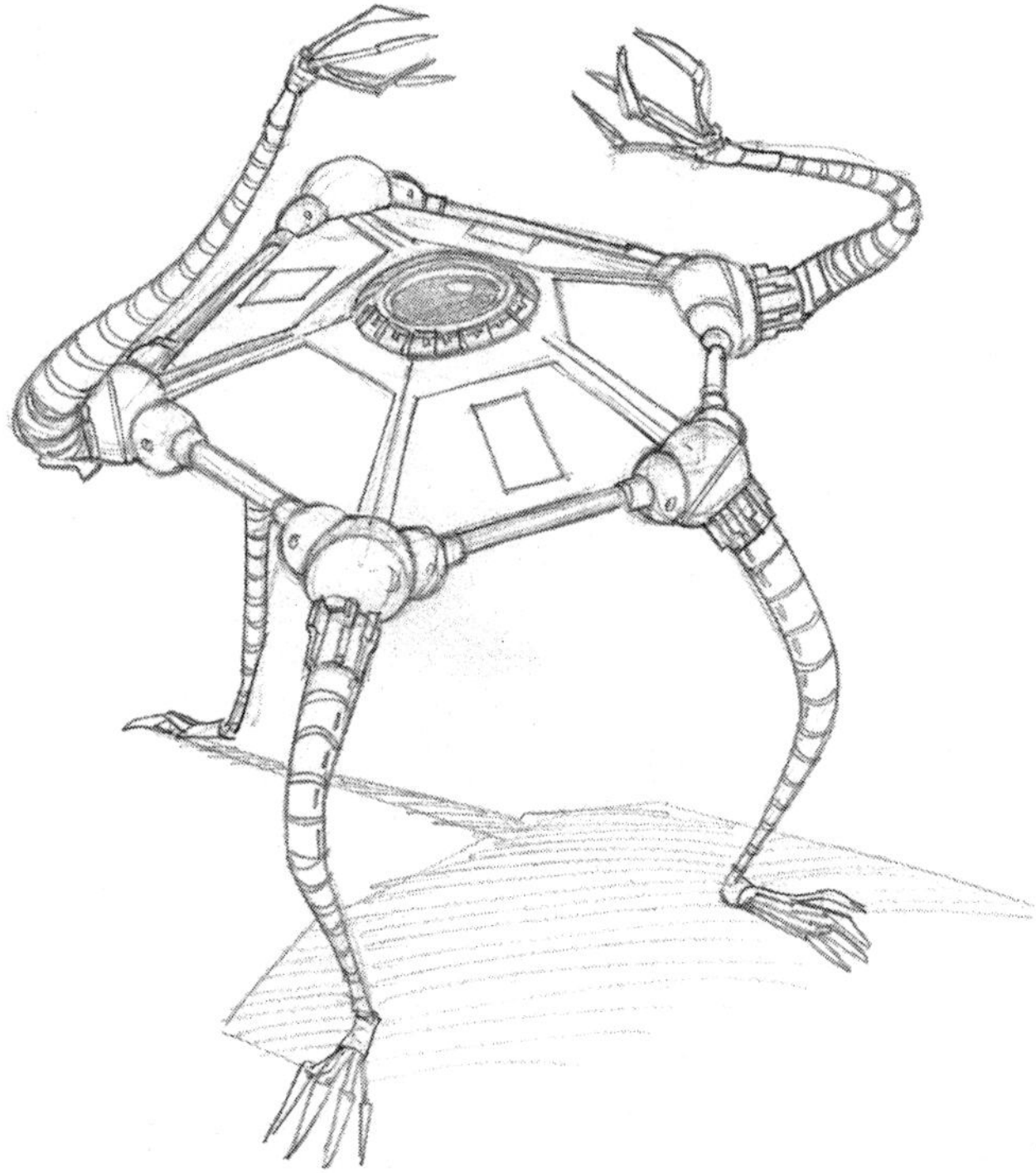

ランド・カルリジアンの相棒ヴァッヒ・ラー

ンには、その一〇分の一も持ち合わせがなかった。落胆した彼は、ヴァッフィ・ラーと一緒にセントラリティに戻ることを決めた。

そこで、カルリジアンは〈ファルコン〉で貨物輸送をやったが、惑星間交易で大失敗をしてしまう。関税、輸入報酬、販売免許をだまし取られ一文なしになってしまった。オセオン星系でサバックをやらないかと誘われたカルリジアンは、喜んでその話に飛びついた。

再びオセオンへ　3BBY

カルリジアンとヴァッフィ・ラーは、年に一度の風炎《フレーム・ウインド》の時期に到着した。一年ごとに三週間だけ、イオン化した霧状の星間フレアが交錯して、緑、黄、青、橙などの入り交じった素晴らしい光の宴《うたげ》が見られるのだ。

オセオン小惑星帯は、風炎の間、金持ちと権力者たちの不名誉な遊び場としていっそう頽廃的になるのだ。その間は航行不能になるので、その息をのむような光のショーが終わるまで客たちは星系に足止めされてしまう。

到着と同時に、カルリジアンはオセオン星系の上級管理人に拘束され、危険な薬物取り引きに参加することを強制された。巨万の富を持つ実業家ボフーア・ムッダーは、薬物常用者でオセオン5792のただひとりの所有者だった。彼は、帝国法執行部の上層部に強敵を何人もつくってしまった。管理人は、囮《おとり》捜査で彼を逮捕する腹づもりだった。

ムッダーの薬物ディーラーのふりをしたカルリジアンは、風炎のど真ん中を通ってふたりの薬物取締官をオセオン5792に運んだ。目がくらむほどまぶしい色のシートを通っての航行はほとんど不可能なうえに、付随する放射性嵐が彼らを発狂寸前にまで追い込んだ。しかし、なんとか、彼らはオセオン5792にたどり着いた。カルリジアンが薬物取り引きをしている隙に、ふたりの取締官はムッダーを逮捕しようとした。

一〇秒後、取締官はふたりとも死んでいた。

驚きに目をみはるカルリジアンの前で、ムッダーはブラスターを降ろし、ちらちらする幻覚ディスプレーを折りたたんだ。変装は消え去り、見覚えのある姿を明らかにした。カルリジアンがシャルーのマインドハープで出し抜いたタンドの魔法使い、ロクール・ゲプタだった。

後でわかったことだが、この事件はランド・カルリジアンに深い恨みを持つゲプタが、長い時間をかけて仕組んだものだった。ゲプタは、シャルーの遺産を失ったのは荒くれ者のギャンブラーのせいだと怒りまくっていた。彼は皇帝パルパティーンと友好関係を結び、退役した共和国クルーザーとセントラリティの全自治権を与えてもらっていた。ゲプタは、服従しない惑星を攻撃する帝国宙軍とタイ爆撃機《ボマー》の指揮権までも持っていた。すべては、悪名高きカルリジアンの人生を破滅させるために誓ったことだった。

このとき、レナタシアンの宇宙戦闘機中隊が姿を現した、小惑星をレーザーで攻撃してきたのだ。透明鋼《トランスパリスチール》のドームが砕け、空気と破片が渦巻くなか、カルリジアンはなんとか自分の船にたどり着いた。レナタシアンが牽引してきたドレッドノートのエンジンを、小惑星に叩きつけて完全に破壊する直前、〈ファルコン〉は脱出した。

抜群なタイミングでの侵略は偶然な巡り合わせだった。宇宙戦闘機の狙いは、カルリジアンでもロクール・ゲプタでもなく、無邪気で神秘的なドロイドのヴァッフィ・ラーだったのだ。ヤヴィンの戦いの一三年前、セントラリティの孤立地帯でレナタシアのコロニーのひとつが見つかった。ヴァッフィ・ラーはプログラムに従ってレナタシアに降り、帝国の侵略への道を開いてしまったのだ。カーマスの破壊と比肩される残虐なレナタシアへの侵略は、外にほとんど漏れることなく元老院の注意も引くことはなかった。だが、原住民から選ばれたグループが一二機のおんぼろ宇宙戦闘機を徴発し、〝レナタシアの虐殺者〟を殺すことを誓ったのだった。

カルリジアンはレナタシアンに同情したが、親友を彼らに殺させることはできなかった。彼はオセオンの風炎放射を隠れ蓑に使って、彼らを出し抜いて脱出した。言うまでもなく、レナタシアンたちは、オセオン５７９２の破壊から逃れたロクール・ゲプタと協力して、カルリジアンとヴァッフィ・ラーの探索を続けた。

ランド・カルリジアンと宿敵ロクール・ゲプタ

勝者の運、敗者の運　3BBY

ムッダーの薬物取り引き事件は、経験豊富なランド・カルリジアンでも経験したことがない大事件だった。脱出の混乱のさなか、カルリジアンはムッダーの薬物代金の入ったケースをかっぱらった。たった一日で、彼は破産者から億万長者になったのだ。

だが、すべてがカルリジアンの思惑どおりにいくはずもなかった。彼は要らぬ疑惑と税務監査を避けるために、金を小分けにしてできるだけ多くの銀行口座に預けることにした。サバック大会の参加料には十二分すぎる五万クレジットを、最初の銀行に預けることにした。アールガウの秘密口座に電信で送金した。それからカルリジアンは、セントラリティの金融中心地デーラに残りを預けるために〈ミレニアム・ファルコン〉で出発した。

誠にばかげた幸運を信じた彼は、ドレア・レンサルと海賊仲間たちが襲撃している真っ最中のデーラに到着した。悪名高い〝海賊女王〟の異名を持つレンサルは、銀河最大の海賊艦隊を率いていた。ナー・シャッダの戦いで帝国軍と戦ったこともある。

〈ファルコン〉は捕獲されて海賊船に収容された。海賊どもが驚くばかりの大金が隠されたムッダーの金庫を発見すると、カルリジアンはレンサルの前に連れて来られた。魅力的な女王に、カルリジアンは最高の魅力を振りまいて、金の一部を渡すから解放してくれと頼み込んだ。それはかなわぬ夢であったが、カルリジアンとレンサルの関係が終わったわけではなかった。

ソンボカを救え　3〜2.5BBY

サバック大会まで残り数か月となった。カルリジアンとヴァッフィ・ラーは、リーサという不思議なオスワフトと友人になった。オスワフトは、コレリアン海エイとアーカニアン・クラゲによく似た真空呼吸者とも呼ばれる稀少な巨大生物だった。オスワフトは、非常に難解な情報言語で会話をし、生まれつきハイパースペースを通り抜ける能力を備えていた。

セントラリティは、何世代にもわたってオスワフトの生息地として知られていた。カルリジアンがデーラで大失敗をするまでは、皇帝がこの異星人に興味を持つことはなかった。ハイパースペースを通ることができる知的生命体に不信を抱いたパルパティーンは、オスワフトを根絶せよとの命令を下した。その生物の故郷で、〝星洞《スターケイブ》〟もしくはソンボカの名で知られる大きな袋状星雲の〝口〟を、五〇〇隻の戦艦で封鎖した。キャラック級クルーザーの艦隊は電磁波を放って、星雲の中に漂う星間プランクトンを汚染し、唯一の栄養源を汚染されてしまったオスワフトたちは飢えはじめた。

リーサの必死の懇願は、カルリジアンとヴァッフィ・ラーを動かした。〈ミレニアム・ファルコン〉で帝国の封鎖を突破したカルリジアンは、翼長が一キロメートルもあるオスワフトの長老たちに取り囲まれるように会見した。オスワフトたちは戦闘という概念をまったく持っていなかったので、カルリジアンは、死に物狂いの生き残り計画を即興で作ることになった。異星人の防衛者たちは、自分たちの気孔から出る分泌物を調合してオスワフトもどきをつくり、帝国軍の砲手たちを欺いて戦艦の同士討ちを誘発した。同時に、オスワフトの〝叫び〟を戦艦に浴びせ、強力な音声の激流で多くの敵艦を破壊した。

執念深いロクール・ゲプタの戦艦が現れると、戦闘は突然終わった。彼が艦隊に停戦命令を下したのだ。彼は驚くべき最終通告をした。彼は、船と船の間の重力ゼロ空間での一対一の決闘をカルリジアンに迫った。もしカルリジアンが断ったら、星雲全体を吹き飛ばすことができる電磁魚雷を発射すると脅した。

その戦いは、スター・デストロイヤー〈エミネンス〉に据え付けられたホログラフ装置に記録され、未来の歴史家たちに喜ばれることとなる。見守る艦隊のど真ん中で、宇宙服に身を包んだカル

帝国軍VSオスワフト

リジアンとタンドの魔術師は対峙した。彼らは、ジェット・パックを巧みに操りながら撃ち合った。カルリジアンの激しい一発の光弾が、ゲプタの足首を捉えた。叫び声とともに、魔法使いの身体はしぼんで消えた。

ロクール・ゲプタが未知領域からやってきたカタツムリに似た生物のクロークだったことを、皇帝パルパティーンが気づいていたかどうかは不明である。タンドの魔法使いたちの宗教教義が古代のシスの教えに基づいていることに、皇帝はずっと興味を持っていた。ゲプタはクロークの幻影パワーを使って秘密組織に侵入した。シスの教義を修得したゲプタによって彼らは全滅させられ、現在のタンドは無人の荒れ地となっていた。ゲプタの死は、タンドの魔法使いの終焉でもあった。

ゲプタの死によって、帝国軍艦隊は攻撃を再開した。突然、通信周波数からとどろく叫び声が炸《さく》裂《れつ》した。「砲撃をやめよ、さもなくば破壊する！」

突然、直径五〇キロメートルもある数千の巨大な金属球が、艦隊を取り囲んだ。彼らは、未知領域からやってきた自意識を持ったドロイドたちだった。彼らの〝子供〟、ヴァッフィ・ラーを迎えに来たのだった。

ヴァッフィ・ラーは、銀河に拡がる知識を記録するために、機械生命体によって作られたのだった。目的を果たしたヴァッフィ・ラーは、彼の仲間たちと一緒に帰っていった。帝国軍艦隊は、オスワフトの大虐殺任務を放棄して静かに撤退した。

神秘的なドロイドたちは広大な未知領域へと消えた。これまでに彼らが再び現れた証拠はないが、ドロイドの外見によく似た物体の目撃談はたくさんある。それは新共和国のいたるところから報告されている。その中には、ラミュアⅣのプリオール・ダナー・フェスティバルでの一〇万人の目撃例も含まれている。こうした現象の多くがつまらない解釈をされている間にも、違う目的のために、銀河文明を遠く離れたところから観察している存在がいることは否めない。

起業家精神 2.5～OBBY

カルリジアンは相棒が去っていくのを残念がったが、不思議なドロイドから宇宙船の操縦方法などたくさんのことを学んでいた。喜んだオスワフトから、別れの贈り物として船倉いっぱいの貴重な宝石をもらい受けた。彼は宝石をボーゴ小惑星帯のベルビウム鉱山に投資したが、鉱山に価値がないことが判明し、再び財産を失った。一文なしになったカルリジアンは、秘密口座から五万クレジットを引き出し、サバック大会に備えた。

大会までにふたつの問題を片づけた。ひとつはナー・シャッダの中古船の店だった。カルリジアンは、商売を立て直すために新しいマネージャーを何人か雇った。ふたつ目は、海賊女王のドレア・レンサルだった。彼女を恨みつづけるに十分な理由はあったが、カルリジアンは、彼とレンサルが同じような人生観を持っていることに気づいた。障壁を乗り越えて、ふたりはロマンチックな関係になった——ほんの数週間ではあったが。

クラウド・シティのサバック大会はカルリジアンの希望を粉砕した。決勝戦へと駒を進めたギャンブラーは、その中に旧友のハン・ソロがいるのを見つけた。ソロは公正なサバック・プレーヤーだがゲームの達人ではなかった。だが、最後のカードチップが開けられた瞬間、ソロはとてつもない大金と〈ミレニアム・ファルコン〉の所有権をその手にした。

勝負の後、一文なしになったカルリジアンはプライドを捨てて、ソロから一五〇〇クレジットを借りなければならなかった。翌年までに、彼は銀河の道楽者たちとの賭けで、その小金を数十万クレジットにした。彼は帝国相手の詐欺を何度かやった。その中には、彼がかつてはめられたベルビウム鉱山のペスメンベンIVの詐欺も含まれていた。

カルリジアンとボバ・フェットの二度目の対決は、反乱同盟軍の司令官ブリア・サレンを捕らえるためにフェットが乗船した豪華客船で起きた。彼はカルリジアンを一時的な人質に使おうとした。ドレア・レンサル率いる宇宙海賊による襲撃によって、幸運にも彼らは助かった。レンサルが大金を払って、カルリジアンとサレンの自由を買い取ってくれたのだ。

ブリア・サレンは、スパイス加工惑星イリーシアへの大規模攻撃をするためにデシリジクのハットたちと手を結んだ。ランド・カルリジアンも襲撃に加わり、ハン・ソロと一緒に戦った。しかし、反乱軍と密輸業者の混成部隊が抵抗勢力を一掃すると、ブリア・サレンは協力者たちからすべてを巻き上げた。反乱軍はすべてのスパイスを持ち去り、密輸業者たちには何も残さなかったのだ。

他の仲間たちと一緒にランド・カルリジアンは、ソロを裏切り者と非難した。ジャバ・ザ・ハットへ返済する借金を借りに来たソロを、カルリジアンは壁に投げ飛ばして絶交を言いわたした。

タナブの英雄　0～3ABY

そのすぐ後、反乱軍はヤヴィンの戦いに勝った。だが、ランド・カルリジアンはもっと型破りな行動を続けていた。ヤヴィンの戦いから五か月後、カルリジアンは、デンタ豆の貨物を農業惑星タナブに輸送したときに、地表で海賊の急襲に出くわした。カルリジアンは騒ぎが収まるのを縮こまって待っていたわけではない。飲んだくれのバーのオーナーの懸け金に飛びつき、名もない貨物船を駆って悪名高いノルラック海賊に戦いを挑んだ。戦いはあっという間に一方的に終わった。カルリジアンは、海賊艦隊を叩いて大恥をかかせた。持ってきた貨物の電磁ネットを敵艦に浴びせかけて、まったく身動きできなくしてしまったのだ。

カルリジアンはタナブの英雄になったが、その名声は宙域の外には伝わらなかった。だが数か月後、トライネヴュロン・ニュースがこの話を取り上げニュースネットで放送すると、事態は急変した。カルリジアンは、〝信じられるか〟と酒のつまみにされつづける数少ない有名人となった。数年後のエンドアの戦い直前、まさにこの評判によって反乱同盟軍最高司令部はカルリジアンを将軍に昇格させたのだった。

カルリジアンは、投資可能な対象かどうか調べるためにホログラム・ファン・ワールドをぶらりと訪れた。そこで帝国のスタースクリーム作戦に遭遇した。（カルリジアンはエンドアの戦いの一年後に、ホログラム・ファン・ワールドの所有権を取得することになる。さらに、クラウド・シティの大ファミリー娯楽施設、スカイセンター・ガレリアへの投資にも興味を持つことになる）

カルリジアンの最大の手柄は、ベスピンのトレスト・カジノでのサバック・ゲームだった。彼の相手は、クラウド・シティの男爵管理人ドミニク・レイナーだった。レイナーが不満げにカードを伏せて置いたとき、カルリジアンはクラウド・シティの男爵管理人の称号を勝ち取り、すべての権力を手に入れたのだった。

おごることなく、カルリジアンは非常に慎重に新しい政治課題に取り組んだ。彼は、クラウド・シティの市民を魅了し、エネックス取引管理人の主導権も勝ち取った。彼は、都市コンピューター調整役のロボトという名のサイボーグと最高の関わり合いをもった。彼は、鉱業組合への加入を遅らせ、帝国の注目を引かずに事業がずっと続いていくようにと、成長した憎たらしい反乱軍を遠ざけていた。

彼は海賊の襲撃から都市を守るために、特殊なパイロットの中隊を雇った。ドロイドのEV－9D9が異常をきたして、都市中のドロイドの四分の一を破壊したとき、彼は混乱を収拾して新しい保安手段を制定した。彼はティバナ・ガス鉱業のネットを拡大して、利益を三五パーセント以上増大させ、安定した工場施設としてクラウド・シティに繁栄をもたらした。数百万もの生命が、彼らの繁栄に注目した。

ふたりの侵入者、ハン・ソロとダース・ヴェイダーの到着、そして招かれざる三人目の侵入者ボバ・フェットの出現は、カルリジアンを道徳的な板挟みに追い込んだ。彼はソロの命と都市すべての住民の安全を比較考量しなければならなかったが、彼の友の望みも感じ取っていた。カルリジアンは愚かではなかった、帝国を足止めするために彼は芝居を続けていたのだった。

銀河の運命にとって幸運なことに、ついにギャンブラーは正しい選択をしたのだった。

スカイウォーカーの血筋

運命の家系

漆黒の夜に射し込む希望の光のごとく、不正と虐殺に包まれた銀河の暴流の時代にスカイウォーカーの双子は現れた。ルーク・スカイウォーカーとレイア・オーガナはこの世に生を受けたときから、歴史に限りなく大きな影響をおよぼす存在となることを運命づけられていた。

いまではジェダイ・マスターとなったルーク・スカイウォーカーは、絶滅しかけたジェダイ騎士団を復活させ、フォースの強い新世代の銀河の守護者たちを育成している。新共和国の第二代元首となったレイア・オーガナは、帝国の打倒に助力し、荒廃しきった銀河を立て直した。

ふたりは、銀河文明の両極端な環境において養育された。彼らの擁護者たちが、なぜそのような環境にふたりを置いたのかはほとんど知られていない。歴史家は、空論や仮説に振りまわされることなく、できる限り正確にこの重要な年代記を補完しなければならない。

スカイウォーカーの双子の血筋は、一編の叙事詩でもある。彼らの父親は、歴史上最も強力なジェダイ・ナイトのひとりのアナキン・スカイウォーカーであり、堕落してジェダイに終焉をもたら

スカイウォーカーの双子

したダース・ヴェイダーでもあった。彼らの母親は元女王であったにもかかわらず、子供たちを育てることはできなかった。

乳児たちのフォースは驚くほど強かった。敵対するフォースの使い手たちを大変恐れてジェダイ狩りを指図した皇帝パルパティーンは、アナキン・スカイウォーカーの子供たちが彼の統治を脅かす潜在能力を秘めていることに気づいた。この危機を察知した偉大なジェダイ・ナイト、オビ=ワン・ケノービは、皇帝と彼らの実の父親の目から新生児たちを隠した。いつの日にか、皇帝に引導を渡す〝最後の手段〟として成長することを彼は願っていた。

ケノービは、太陽にじりじりと焼かれる惑星タトゥイーンで水分農場を営むオーウェンとベルーのラーズ夫妻にルークを預けた。荒涼とした砂漠の世界はアナキン・スカイウォーカーが少年時代を過ごした辺境の地であった。ヴェイダーが、自分の息子の隠れ家を見つけ出す可能性は少なからずあった。しかし、オーウェンとベルー夫妻は目立たない孤立主義者であった。ケノービは、さらなる防護手段として自らタトゥイーンに留まった。皇帝パルパティーンの目を逃れてジャンドランド荒野の粗末な隠れ家に移り住んだ〝老ベン〟ケノービは、若きルークが成人して運命を果たす日までじっと見守りつづけた。

レイアの育ちは、兄とはまったく対照的だった。クローン大戦時にオビ=ワン・ケノービの指揮官だったベイル・プレスター・オーガナに預けられたレイアは、平和主義惑星オルデランで権利と責任に囲まれた人生を送っていた。オーガナ家はオルデランの王室であり、レイアはプリンセスとしてすべての特権を与えられていた。

レイアは母親のように、自信と落ち着きに満ちたりた女性へと成長し、早くから政治的思想家となっていた。レイアは首都オルデラで、外交、政治、言語を勉強し、宮殿の回廊では親友のウィンターと一緒によく遊んでいた。ベイル・オーガナ元老院議員はレイアを、共和国の首都惑星コルサントや他の星へよく連れて行った。レイアに射撃や護身術を教えるために、教練指導員のガイルズ・デュランも雇われた。一〇代にして、レイアは最年少の帝国元老院議員に選出された。

ルークとレイアの不吉な血縁関係は、エンドアの戦いの数年後まで一般の人々に知られることはなかった。実はふたりとも別々に育てられたため、戦闘要塞デス・スターのレイア救出劇から四年後まで、お互いが兄妹であることに気づいていなかったのだ。

ダース・ヴェイダーの家系が公的に暴露されると、反体制派の政治家数人が、レイア・オーガナは父親の責めを負うべきだと告発した。しかし、大多数の市民は、親の犯した罪を子供に背負わせるべきではないとの見方をして、ヴェイダーの子供たちに驚くほど寛容だった。ともかく、数十年の間にルークとレイアが成し遂げたことは、どんな負の遺産をもはるかに凌駕《りょうが》するものなのだ。

PART Ⅳ

帝国への反乱

反乱軍始動

デス・スター建造　3〜OBBY

共和国元老院の騒動によって皇帝の座を手にしたパルパティーンは、ジェダイ・ナイトたちの虐殺を行なった後、自分の帝国にふさわしい強大な兵器を建造することにした。さらなる力を得て権力を強固なものにしようと考えていたのだ。そのため、パルパティーンは兵器開発に秀でた最高の頭脳を集めはじめた。

元老院議員に懸念を表明されることを避けるために、建造は秘密裏に行なうこととした。兵器が完成して帝国軍宇宙艦隊が意のままに使用できるようになれば、死に瀕《ひん》した脆弱な寄生虫のような共和国の残滓《ざんし》どもの反乱など気にする必要がなくなると思っていたのだ。

パルパティーンは、資金の流用や惑星系全体の資源の私物化、官僚的で難解な文書業務を利用して提起された諸問題をうやむやにする技に長けていた。政府は腐敗し、そうした抜け道がそこここにあったのだ。パルパティーンは、偉大なる軍略家のグランドモフ・ターキンを登用した。彼の任務は、反乱軍分子たちが近づくことのできない完全に隔離された場所を見つけ、厳重な警戒のもとで秘密裏に兵器を建造することだった。

　ケッセルの近くに、宇宙航行を非常に困難にするブラックホールが異常に集まったところがあった。そこは〝モー〟と呼ばれていた。密輸業者が使う高速航路として有名な危険だらけのケッセル・ランと背中合わせにあった。そのど真ん中に、恐るべき特異点同士が干渉して相互重力を打ち消し合う場所があった。モー星団の内部宙図を作成するため、決死の偵察が何回か行なわれ、安全な渦巻き型航路が発見された。ターキンは新しい秘密兵器の建造場所として、この天然の要塞とも言える場所を選んだのだった。

　建設用の奴隷とドロイド制御装置が、小惑星群を内部に運び込んで結合させた。建物と真空工場の建設によって研究所が作られた。配属人員たちは、任務を永久に遂行することを課され、彼らの記録は職務中に死亡したと書き換えられた。ついで、ターキンは、帝国中から極秘に最も優れた研究者を集めた。何かに取り憑《つ》かれているかのような兵器設計者のユマック・レスや野心的な技師であるベヴェル・レメリスクなど、喜んでやってきた者もいた。彼らはターキンの提供した最高の設備と莫大な予算に目がくらんだのだった。

　その他にはオーラン・ケルドア博士や、大規模な有人宇宙ステーション用の生命維持装置の開発能力に卓越したムルルシの小グループが加わった。科学者たちの中には、優れた才能ゆえに無理やり連れてこられた者たちもいた。強制的に連れてこられた研究者の中でも、優雅で美しいオムワッティの女性キウイ・ズークスはとくに目立っていた。彼女は、わずかに光沢のある羽毛のような髪を持っていた。彼女は、ターキンの過酷なテストを受けさせられた大勢の学生の中で、唯一の生存者だった。

この過酷な研究所は、トワイレックの管理人トール・シヴロンに管理され、四隻のインペリアル・スター・デストロイヤーに警護されていた。この小さいが強力な艦隊は、ターキンの教え子の中で最も優れたひとりで、愛人でもあるダーラが指揮していた。ターキンは彼女にこの任務を任せるために、女性としては帝国軍最高位の提督に昇進させた。辺境の任務に就いたダーラは、自分の受けた命令に疑問を持つことはなかった。彼女の任務は、誰にも邪魔されずに研究所の科学者が研究を続けられるようにすることだった。

何年もかかって集中的に設計が行なわれた。モーの科学者たちが提案したアイデアに対して、トール・シヴロンは実証と詳細な報告を要求した。最初の構想は取り上げられなかったが、一部修正を加えられたものが設計書となった。グランドモフ・ターキンは、設計図に自分の推薦状を添えて皇帝へと届けた。兵器システム開発者のユマック・レスと計画技術者のベヴェル・レメリスクは、惑星をも粉砕する強力な巨大スーパー・レーザーを装備した、衛星ほどの大きさがある戦闘ステーションを開発した。

ターキンは、アウター・リム領域におけるターキン主義を確実なものにするつもりだった。その考え方の中心軸は、〝力だけではなく力の恐怖による支配〟だった。皇帝はこれを〝理想政府機関による支配ではなく、恐怖による支配〟という意味だと受け取った。この戦闘ステーションは、皇

恐怖の創造者たち——ターキンとレメリスク

帝の支配権に対するあらゆる疑念とあらゆる抵抗をも鎮圧しうるものだった。デス・スターを前に、帝国に従わない世界は簡単に消滅させられてしまうのだ。

満足した皇帝は、威力を試すためにデス・スターの試作品《プロトタイプ》を作る計画を承認した。実際のステーション建造には莫大な資金がかかるため、考えの正しさを証明する必要があった。モー秘密研究所の中では、ウーキー奴隷たちが組み立てたコア・スーパーレーザーの縮小版を、最終的な形態に近い最低限の設備を持つ骨組みだけの球状モデルに設置した。

スーパー・レーザーの効果が期待どおりの成果を上げたことにより、フルサイズのデス・スターの建造が開始された。ベヴェル・レメリスクがチーフ・エンジニアとして指揮をとり、ダース・ヴェイダーが直々に監督をした。建造は、ホーラズ星系の刑務所惑星デスペイヤーの軌道上で、刑務所の囚人とウーキーの奴隷を使って行なわれた。この長期にわたる建造では、後に反乱同盟軍の艦隊指揮官となるモン・カラマリアンのアクバーが、ターキンの個人的な奴隷として協力を強いられた。この恐ろしい兵器で皇帝がどれほどの殺戮を繰り返すのか、アクバーには予想がついていた。

最高機密として万全の保安対策がとられていたが、資材の不足や妨害工作によって、プロジェクトの巨大な工事現場では遅れが出るようになっていった。ターキンとエンジニアたちが計画を予定どおりに進められなくなっていたときに、現場に乗り込んできた無慈悲なダース・ヴェイダーは作業員と現場監督を数人処刑した。デス・スター建造は、まもなく予定どおりに進むようになった。

反乱同盟軍は、ラルティアの情報提供者を通じてデス・スター計画を知った。この情報は後に帝国のタイオン卿から確認がとれた。完成したデス・スターの試運転の前に、ターキンは暗殺の危機にさらされた。彼は死を免れたが、モン・カラマリアン奴隷のアクバーは逃亡して反乱同盟軍に加わった。

反乱同盟軍が生き延びるただひとつの方法は、デス・スターの弱点を突き止めるために設計図を入手することだと考えたベイル・オーガナとモン・モスマは、多角的な略奪作戦を立てた。宇宙輸送船団を急襲したトプラワの反乱同盟軍は、帝国情報センターに転送される前にほとんどの技術情報を奪うことに成功した。デヌータでは、ストームトルーパーの将校でもあった同盟軍の工作員カイル・カターンが、帝国軍施設に侵入して別の設計図を盗み出した。ふたつの読み出し《リードアウト》を合成すれば、デス・スターの端から端までの完全な詳細図が完成するはずだった。

だが、情報の流出を知った帝国情報部は、トプラワ星系をスター・デストロイヤーで封鎖して、反乱軍から設計図を取り戻すためのストームトルーパーを送り込んだ。同盟軍の唯一の希望は、危険な星系内データ送信だった。ベイル・オーガナの養女プリンセス・レイア・オーガナは、外交特権を盾にしてトプラワ星系に到着した。彼女の外交艦〈タンティヴⅣ〉はデス・スター設計図とともにハイパースペースへと消えていった。トプラワの反乱軍——ブリア・サレン中佐率いるレッド・ハンド中隊——は全員殺害された。

ダース・ヴェイダーは、新兵器の秘密を守るために、インペリアル・スター・デストロイヤー〈デヴァステイター〉でプリンセス・レイアを追跡した。彼は、どんなことをしても盗まれた情報

惑星デスペイヤーの奴隷たち

を取り戻すつもりだった。

戦いへの序曲　OBBY

デス・スターの設計図を入手するトプラワ作戦を反乱軍指導者たちが開始する直前、反乱軍の活動を探ろうとする帝国情報部の工作員の数を知ったモン・モスマは警戒を強めていた。賢明な彼女は、ダントゥイン司令基地を辺境のヤヴィン4にあるマサッシの遺跡に移すようにと、退役したジャン・ドドンナ将軍に指示した。

ドドンナは、共和国初のスター・デストロイヤーの艦長を務めたこともある、経験豊かな戦士であり優れた戦術家でもあった。ドドンナは政府への忠誠心が篤《あつ》かったが、皇帝の無情なやり方に次第に嫌気を感じていた。反逆者だと思われたくなかったドドンナは、異を唱えることなく辞職の道を選び、若い帝国軍司令官たちを喜ばせた。ドドンナの復職や改心が無理だと悟った帝国は、ひそかに彼を処刑せよとの秘密の緊急命令を下した。

処刑命令を知ったモン・モスマは、このことを直ちに彼に知らせて、自分たちの側につくようにと説得を試みた。厳格な軍の規律に照らせば、反乱同盟軍の行動は政府に対する非合法の反逆だったので、ドドンナは当初この誘いを断った。しかし、なんの前触れもなく現れた帝国の暗殺部隊は、冷酷にも彼を殺そうとした。彼は戦い、寝巻きのままで逃げ延びた。この卑怯な裏切り行為を契機に、ドドンナは反乱同盟軍の誠実な一員となった。

ダントゥイン司令部へのモン・モスマの懸念が正しいことが判明した。帝国の追跡装置が、積荷の中から発見されたのだ。基地を放棄したドドンナ将軍は、効率的かつ迅速に、すべての装備をガス巨星ヤヴィンの密林衛星へと運んだ。彼は、そこで次第に増えていく部隊とともに戦いに備えた。

さまざまな反帝国の抵抗勢力を集結させたコレリアン協定に基づいて、モン・モスマはパルパティーンと彼の政策に断固抵抗する決意を述べた反乱宣言を採択した。この宣言が広く知れわたると、皇帝は帝国元老院を正式に解散して旧共和国の残滓を払拭した。パルパティーンは各宙域を直接統治するために、ターキンのような冷酷な総督を配置した。

それまで不明確だった反乱同盟軍と帝国との対立が、政治的手段では解決できないことが明らかとなった。

プリンセス・レイア収監　OBBY

活気溢《あふ》れる若きレイア・オーガナは扇動活動を積極的に行ない、同盟軍の結束を高めるための多くの重要な暗号情報を送りつづけた。彼女は〝救済活動〟を隠れ蓑として、銀河中を渡り歩く反乱活動に携わっていた。ダース・ヴェイダーと皇帝はオーガナの関与を疑ってはいたが、それを暴くことはできなかった。

オーガナは完璧な工作員として、トプラワの反乱軍からデス・スターの設計図を受け取ると直ちにオルデランへと引き返した。養父のベイル・オーガナを通じて、同盟軍の指導者たちへ設計図を渡す計画だったのだ。風雲は急を告げていた。いったんデス・スターが稼働すれば、銀河全域におよぶ比類なき恐怖統治が始まってしまうのだ。

ダース・ヴェイダーの追跡は凄まじかった。ヴェイダーのスター・デストロイヤー〈デヴァステイター〉は、アウター・リムの惑星タトゥイーンで、レイア・オーガナの小さな〈タンティヴⅣ〉にあっという間に追いついた。〈タンティヴⅣ〉に帝国軍のストームトルーパーが乗り込み、撃ち合いが始まった。そのさなか、レイア・オーガナはデス・スターの設計図を小さなアストロメク・ドロイドの中に隠した。このドロイドR2-D2は、クローン大戦の英雄であるジェダイ・ナイトのオビ=ワン・ケノービに、設計図を届けるようにと命じられた。彼はタトゥイーンで隠遁生活を送っていた。相棒のプロトコル・ドロイドのC-3POとともに脱出ポッドに乗り込んだR2-D2は、戦いの場から脱出したが、レイア・オーガナは囚われの身となってしまった。

レイア・オーガナは、グランドモフ・ターキンの完成したばかりの戦闘ステーションに囚人として連行された。彼女は、ヴェイダーの過酷な尋問にも屈せず、反乱軍の秘密基地の場所を隠しつづけた。デス・スターの威力を見せつけて皇帝の圧政を盤石なものにしようとしていたターキンは、彼女の口を割らせる別の方法を思いついた。レイア・オーガナが彼の求める情報を渡さなければ、彼女の故郷、平和な惑星オルデランを破壊すると脅したのだった。

超兵器の破壊力とターキンの冷酷さをよく知っているオーガナは、それがはったりではないことをわかっていた。ダントゥイン基地の撤退が計画どおりに終了していることを願い、彼女はためらいながら基地の場所を教えた。だがターキンは、反乱軍と銀河全体に恐怖を見せつけるためにオルデランを見せしめにすることを決めていた。

ひと言の警告もなくデス・スターは、何十億人もの住人もろともオルデランを破壊した。これは帝国が行なった最悪の行為のひとつだった。拘留区画に戻されたレイア・オーガナは、処刑される予定になっていた。

迫り来るデス・スター——オルデラランの終焉

新たなる希望　OBBY

プリンセス・レイアが処刑宣告を受けたとき、皇帝を敗北に追い込む出来事が砂漠惑星タトゥイーンで起きていた。盗み出したデス・スターの設計図を持つ二体のドロイドはジャワの商人に捕えられて、人里離れた水分農場に売られていた。そこで、若き農夫ルーク・スカイウォーカーがR2-D2の中に隠されたオーガナのホロメッセージを偶然見つけたのだった。

そしてR2-D2は、隠遁するジェダイ・ナイトのオビ=ワン・ケノービのもとにスカイウォーカーを導くこととなった。レイア・オーガナに命じられた任務を遂行するために、R2ユニットは荒れ果てたタトゥイーンの砂漠へと出ていった。R2-D2を探し出したスカイウォーカーとC-3POは、野蛮な砂漠の住民タスケン・レイダーに襲われた。オビ=ワン・ケノービの助けによって救われた彼らは、彼の砂漠の住居に連れて行かれた。レイアの記録はようやく真の相手先に届けられたのだ。

ケノービは、デス・スターの設計図をオルデランの元老院議員ベイル・オーガナに届ける手助けをすることとなった。彼には別の動機もあった。ダース・ヴェイダーとなってしまったジェダイのアナキン・スカイウォーカーの息子が、ルーク・スカイウォーカーであることを彼だけが知っていたのだ。ルークのフォースに対する親和性は非常に強かった。

スカイウォーカーの住居はドロイドを探す帝国軍に破壊された。彼を育ててくれたおじとおばも殺されてしまった。ケノービの任務について行く以外に彼の選択肢はなかった。

タトゥイーンを取り巻く帝国軍の包囲網から脱出するためにケノービは、密輸業者のハン・ソロと副操縦士のチューバッカのコンビを雇った。ソロの宇宙船〈ミレニアム・ファルコン〉は、帝国軍とタイ・ファイターの猛追を振り切ってタトゥイーンから消え去った。

オルデランに向かう途中、ケノービはスカイウォーカーにフォースの道の手ほどきをした。オルデラン星系に到着した彼らは、惑星が完全に破壊されていたことを知ると同時にデス・スターに拿捕されてしまった。

戦闘ステーションからの脱出を図っていたスカイウォーカーは、レイア・オーガナも捕らえられていることを知り、彼女の救出の手助けをソロに要請した。一方、ケノービは、彼らの宇宙船の逃亡を妨げる牽引《トラクター》ビームの破壊工作を行なった。だが合流地点につく前にケノービは、宿敵であり元の弟子でもあるダース・ヴェイダーに出くわした。〈ファルコン〉に戻ったスカイウォーカーとソロ、オーガナ、チューバッカたちは、脱出の準備を整えた。だが、偉大なるジェダイのオビ=ワン・ケノービは、彼らを逃がすために自らの命を犠牲にした。

オビ=ワン・ケノービとダース・ヴェイダーの運命の対決

重要なデス・スターの設計図を携えてハイパースペースへと飛び込んだ〈ファルコン〉は、ヤヴィン4の新しい反乱軍基地へと向かった。だが、帝国軍は〈ファルコン〉に追跡装置を付けていた。密林衛星では、ドドンナ将軍と専門家チームが戦闘ステーションの設計図を分析して弱点を見つけようと必死になっていた。そのとき、基地を破壊しようとするステーションが星系に到着した。反乱軍に残された唯一のチャンスは、小型機でデス・スターの表面にある小さな排熱孔を狙うことだった。プロトン魚雷が孔《シャフト》に入れば、主反応炉に達して連鎖爆発を引き起こすのだ。

デス・スターが密林衛星を砲撃する位置へと移動するなか、反乱軍の小型機の一群が針を持つ昆虫のように攻撃を開始した。ヴェイダー機を含む帝国軍のタイ・ファイターが応戦した。ヤヴィンの戦いでは多くの反乱軍兵士たちが命を落としたが、パイロットのひとり、スカイウォーカーは新たに身につけたフォースの力を使って直撃弾を命中させた。こうして、デス・スターは破壊され、ターキンは死んだ。

反乱同盟軍は桁外れの、素晴らしい勝利を収めたのだった。

衝撃と結末　0〜0.5ABY

改良型タイ・ファイターに乗ったダース・ヴェイダーは、デス・スターの破壊から脱出していた。戦いの間、デス・スターを破壊したパイロットのフォースが非常に強いことを、彼は感じていた。このパイロットに何かを感じ取ったヴェイダーは、パルパティーンにこのことを報告しなかった。暗黒卿は、次の一か月間をこの新たな反乱軍の英雄に関する私的な探求に費やした。センタレスで捕らえた反乱軍兵士の拷問によって真実が明らかになった。デス・スターを破壊したのは、ヴェイダー自身の息子ルーク・スカイウォーカーだったのだ。

コルサントでは、反乱軍にデス・スターの破壊を許した設計ミスに対して、皇帝が激怒していた。超兵器の原案設計者ベヴェル・レメリスクを呼びつけた彼は、あらゆる限りの恐ろしい手を尽くした処刑を行なった。パルパティーンは、技師が絶叫してのたうち回るのを大いに楽しんだ。

だが、レメリスクのような優れた人材の才能と創造力を無駄にするわけにはいかなかった。パルパティーンは、自分の実験用クローン装置を使って兵器技師を甦らせた。命を取り戻しても処刑の苦しみを鮮明に記憶していたレメリスクは、デス・スターの設計を変更するために、前にも増して働くしかなかった。

皇帝の知恵の中には第二デス・スター建造という皇帝の考えに疑問を持つ者もいたが、計画のすべてを無駄にするというのもばかげていた。超兵器が役に立つのは、オルデランで証明済みだった。不注意に防御を怠っていた排熱孔を除けば、デス・スターは設計どおりの性能を発揮した。すぐに修正できる欠点のために、莫大な金のかかった創造物を簡単にスクラップにするような輩《やから》は帝国にはいなかった。

皇帝は、お気に入りのレメリスクの仕事が遅れたり熱意が足りないと思うたびに、レメリスクを処刑してはクローンとして甦らせた。これは何度も繰り返されたが、ダークサイドに身体を苛まれつづける彼が、自分のクローンを製造する実験過程の問題を確認していたのは明らかだった。

ヴェイダーと皇帝の関心は、反乱軍から賞金稼ぎ組合《バウンティ・ハンター・ギルド》に向けられた。犯罪組織ブラック・サンの首領プリンス・シゾールの熱心な勧めで——ヴェイダーの異議は拒否して——パルパティーンはギルドを壊滅させる計画を承認した。有名な賞金稼ぎボバ・フェットが、ギルド破壊の工作員として雇われた。バウンティ・ハンター戦争《ウォーズ》として知られているこの血塗られた戦いで、フェットは組織を数多くのグループと自由契約者たちへと分裂させることに成功した。この後何年かの間、ヴェイダーは目的達成のために、たびたびごろつき者の賞金稼ぎたちを雇った。

反乱の罠　0～0.5ABY

勝利の宴の直後、同盟軍は所在を知られてしまったヤヴィン4基地を撤退する準備を開始した。デス・スターの破壊は奇跡的なもので、帝国軍の大部隊を相手に戦うのは無理なことは反乱軍にもわかっていた。幸運なことに、アクバーが指揮する巨大なモン・カラマリ・クルーザーや政府から追放された難民を乗せた宇宙船を含む反乱軍艦隊のほとんどは、ヤヴィンから遠く離れた宇宙に散っていた。

ヤヴィン基地からの撤退を指揮したのはドドンナ将軍だった。大型設備は首尾よく運び出されたが、ヤヴィンの司令部と供給部のスタッフが撤退を始める前に、インペリアル・インターディクター・クルーザーの小艦隊が星系内に現れ、ハイパースペースの脱出ルートを封鎖してしまった。妙なことに、戦艦は攻撃を仕掛けてこず、封鎖も、ドドンナやオーガナ、スカイウォーカー、その他の反乱軍の大物が脱出できない程度の緩やかなものだった。

この封鎖はダース・ヴェイダーの命令だった。彼は少なくともこの段階では基地を破壊したくなかったのだ。フォンドアの造船所では、〈エグゼクター〉と命名される最初のスーパー・スター・デストロイヤーの完成が間近に迫っていた。ヴェイダーの新しい旗艦になる予定のこの艦は、小艦隊ほどの軍備を備えていた。デス・スターで受けた屈辱に対して、ヴェイダーは〈エグゼクター〉を反乱軍に対する個人的な復讐の刃《やいば》として使うつもりだった。

帝国の他の高級将校たちは派手な見世物にすぎないとして、ヴェイダーの軍事戦略をあざ笑った。〈エグゼクター〉をひそかに阻止しようとした提督も何人かいた。グリフ提督は裏切り者を装って、反乱同盟軍にスーパー・スター・デストロイヤー建造に関する重要な情報を提供した。封鎖を突破したルーク・スカイウォーカーはフォンドアの建造施設に侵入した。しかし、グリフの〝裏切り〟は策略であり、スカイウォーカーは危うく捕らわれるところだった。彼は相手に損害をほとんど与えることはできなかったが、巨大な戦艦についての重要な情報を反乱軍のもとに持ち帰った。

スカイウォーカーは封鎖をうまくかわしつづけた。別の任務から戻る途中、彼は宇宙船を通りかかったハイパー彗星《コメット》の後流に突っ込ませて、帝国軍の追撃を振り切った。小惑星に満ちた彗星の軌道について行くうちに、孤立し忘れられたホスという星系の氷惑星に不時着した。そこで彼は、氷原の粗末な家に住む帝国から逃亡した総督と出会った。この裏切り者の逃亡者は、実は人間《ヒューマン》・型《レプリカ》ドロイドであり、スカイウォーカーは自己防衛のために彼を破壊した。彼は同盟軍に、次の司令部基地の候補としてホスを提案した。

完成直前のスーパー・スター・デストロイヤー〈エグゼクター〉

帝国軍の反撃　0.5～2ABY

スカイウォーカーと他の何人かは小型艇を使って帝国軍によるヤヴィン4の封鎖をすり抜け、ヴェイダーに迅速で決定的な攻撃をするべきだと言いつづけていた帝国軍司令官たちは激怒した。その結果、〈エグゼクター〉の建造が早められた。ドドンナ将軍は、〈ミレニアム・ファルコン〉のような小さい宇宙船は封鎖をすり抜けることができても、大きい艦艇は拿捕されてしまうことを心配していた。ドドンナは、同盟軍艦隊に同行しているモン・モスマとアクバーに連絡をとって攪乱《かくらん》攻撃の準備をした。

ヤヴィンの戦いの六か月後、ついに帝国の攻撃が始まった。アクバーがヴァラスク星団で帝国軍部隊の注意をそらしている間に、巨大な〈エグゼクター〉がヤヴィン基地を破壊するために現れたのだ。基地の戦闘機と輸送機のすべてに緊急発進をさせたドドンナは、全員が脱出するまで自らの脱出を拒みつづけた。老齢の将軍は震動弾《コンカッション・チャージ》を続けざまに放ち、タイ爆撃機《ボマー》の中隊を殲滅した。ドドンナは爆撃で命を落としたと思われていたが、重傷を負って帝国軍に囚われていたのだった。

二、三か月の間、独房に入れられていた彼は、〈ルサンキア〉の名で知られることになる帝国の新しい刑務所の初の入所者となった。
脱出した反乱同盟軍は、氷惑星ホスに新たな基地を建設するために、主要艦隊と合流した。だが、装備用品や医療薬品、食料備蓄が補充されるまで基地の建設を待たざるをえなかった。どうしても必要な穀物を手に入れるために同盟軍は、プルーリオド大星団の帝国の領主ゴーリンに交渉を持ちかけるという危険な賭けに出た。だが、穀物に毒が入れられていたことがわかり、裏切り者のゴーリンの命運は尽きた。

機械化されたスーパー・ストームトルーパーを製造する帝国のダーク・トルーパー計画を知ったモン・モスマは、デス・スターの設計図入手を手伝った同盟軍の工作員カイル・カターンを再び任務に就かせた。カターンは、ダーク・トルーパーを製造する宇宙工場を破壊して計画を頓挫させるとともに、帝国の刑務所からクリックス・メイディンを助け出した。メイディンは、ある惑星に不治の疫病を撒き散らすことを強要され、反乱軍に寝返った帝国の幹部だった。同盟軍のもとに向かう途中でコレリアに立ち寄ったメイディンは、危うくまた帝国に捕らえられるところだった。だが、ルーク・スカイウォーカーとウェッジ・アンティリーズが作り上げた宇宙戦闘機パイロットの精鋭グループ、ローグ中隊に助けられた。メイディンを反乱同盟軍に迎え入れたモン・モスマは、彼を将軍に任命した。メイディンは、数年の間ローグ中隊とともに任務に就いた。

反乱同盟軍の指導者たちにも犠牲者が出た。ベイル・オーガナはオルデランが破壊されたときに命を落としたため、モン・モスマとガーム・ベル・イブリスが同盟軍の代表的指導者になった。だが、ふたりはめったに顔を合わせることはなく、モン・モスマがミルヴェインの攻撃を命じたとき、ベル・イブリスはそれを自殺行為だと考えた。彼は自分の忠実な部隊を引き連れて反乱軍を離脱した。彼の私有部隊は、その後九年以上にわたって独自に多くの勝利を収めた。

ボサンの政治家ボースク・フェイリャと彼の率いる一大派閥が同盟軍に加わり、ベル・イブリスの抜けた穴は修復された。フェイリャは、反乱軍のヤヴィンにおける勝利によって参加を決めたのだが、主義的理由ではなく自らの地位と権力を得るためだった。

反乱同盟軍は、翌年にわたって帝国に対して大規模なゲリラ戦を仕掛けた。ドライドックの四隻のスター・デストロイヤーを破壊したラムズ・ヘッド任務もそうした作戦のひとつだった。だが、同盟軍艦隊は依然としてばらばらの状態にあり、中央基地の設営場所を探しつづけていた。密林惑星シラが使われたこともあったが、反乱軍がヤヴィン4のような密林で覆われた星を移動先に選ぶことを帝国が予測することが予見されたため、ここも直ちに撤退した。反乱同盟軍の技術班は、ホスを含めさまざまな場所を調査していたが、モン・モスマは真意を明かさなかった。

帝国軍も、敵を見つけるために艦隊を派遣し、数千体の自動探査《プローブ》ドロイドを発射した。だが、未踏の地や密輸業者の隠れ家が多くあり、何百もの誤った情報を受けるはめになった。

ダーク・トルーパー計画による機械化兵団

サーカパス、反乱運動に参加　2ABY

拡張領域《エクスパンション・リージョン》の商業地域の中心地であるサーカパスⅣは、銀河の金融界の支配者たちが本拠地を置く惑星でもあった。天文学的な関税と自己破滅的な支払いが日常化したパルパティーンの帝国に嫌気がさした金融界の支配者たちは、レイア・オーガナとの直接会合を前提にして、反乱同盟軍への資金提供にひそかに合意していた。ルーク・スカイウォーカーに護衛されたオーガナとプロトコル・ドロイドは、この会合に出るためにサーカパスⅣに向かっていた。

エンジン故障を起こした反乱同盟軍の宇宙船二機は、地元ではミンバンの名で知られている戦略的価値のない沼の惑星サーカパスⅤに墜落した。帝国は、ここでひそかに違法なドロヴァイト採掘をしていた。レイア・オーガナとルーク・スカイウォーカーは捕らえられ、この知らせを受けたダース・ヴェイダーは直ちにこの惑星に向かったが、彼が到着したのはふたりの反乱軍兵士が沼地へ脱出した後だった。

ヴェイダーは、蔦《つた》に覆われたポモジェマの寺院で、目指すふたりを見つけた。寺院には、破片で

ヴェイダーとの遭遇

さえもフォースを千倍に拡大するといわれる光り輝く伝説的なカイバー・クリスタルがあった。ライトセーバーを手にしたスカイウォーカーは、ヴェイダーとの一対一の決闘に挑んだ。

まだジェダイの訓練を受けていないスカイウォーカーが、はるかに経験豊かな敵に対してライトセーバーで立ち向かったのは意外なことだった。カイバー・クリスタルの効力のようにも思われたが、実はオビ＝ワン・ケノービの魂が彼の身体に乗り移って、人形師が操り人形を動かすように身体を動かしているようだったと、後にスカイウォーカーは語っている。ケノービのエネルギーに突き動かされたスカイウォーカーは暗黒卿の右腕を断ち切ったが、この戦いはスカイウォーカーの目には見えない恩人を疲れ果てさせたようだった。ヴェイダーは自分のひどいケガなど気にも止めていなかったが、彼は脚を踏み外して古井戸に落ちてしまい、スカイウォーカーたちに脱出する機会を与えた。

彼らは同盟軍艦隊と合流し、オーガナはサーカパシアンにミンバンにある帝国のドロヴァイト採掘鉱山のことを知らせた。このような欺瞞《ぎまん》に激怒したサーカパスのビジネス地下組織は、反乱軍のためにひそかな供給ラインを開いた。大量のクレジットの流入によって、強化された反乱同盟軍は、新しい基地用にKDY製の惑星防衛用イオン砲を購入した。

手に入れたカイバー・クリスタルは、期待どおりの能力を発揮しなかった。カイバー・クリスタルの力が、ミンバンからというよりも実際はポモジェマ寺院から離れるに従って減少することに、スカイウォーカーは気がついていた。

何年もの間、スカイウォーカーはこの装身具に好奇心を持ちつづけていた。結局、彼はそれを教材の補助として使うことになった。彼はこれをライトセーバーの焦点クリスタルとしても使ってみた。その結果、刃が非常に強く、エネルギー効率も良くなることを発見した。

氷の隠れ家　2～3ABY

ついにモン・モスマは、凍てついた惑星ホスの地に新しい反乱軍の司令部を設置することに合意した。同盟軍の技師たちは、気候を最大限に利用してすでに予定より数か月早く着工していた建設工事を完了させた。エコー基地の指揮権は、デス・スターに故郷を破壊される瞬間を目撃したオルデランの生存者のひとりであるカーリスト・ライカン将軍がとった。レイア・オーガナも肉体的な快適さよりも安全性を優先して、氷のトンネルに住居を構えた。だが、ひとつの暖かさが彼女の人生の中に灯りはじめていた。ハン・ソロと彼女自身の間に熱いロマンスの兆しが生まれつつあったのだ。

反乱軍は基地が見つからないように最大限の努力を払い、宇宙船の発着便数を最低限に押さえていた。ハン・ソロはオード・マンテルで賞金稼ぎと出くわしたが、彼らにエコー基地の場所を知られることはなかった。

一方、モン・モスマは次の攻撃に備えて、反乱軍の主要艦隊で部隊を集めつづけていた。だが彼女が行動を起こす前に、同盟軍はデラIVの戦いにおいて敗北を喫してしまった。ダース・ヴェイダー自ら指揮したこの攻撃で、必需品の供給輸送船団と護衛の宇宙戦闘機中隊が木っ端微塵にされてしまったのだ。この中隊のリーダーの死亡によって、ルーク・スカイウォーカーは中佐に昇進したが、貴重な輸送中の軍需品の損失は非常に大きく穴埋めはとうていできなかった。

ヤヴィンでの大勝利から数年が経ったが、帝国は彼らの追跡の手を緩めなかった。反乱同盟軍にとっては暗黒のときだった。

失われた光

ホスの戦い　3ABY

帝国の捜査チームがばら撒いた数多くプローブ・ドロイドのひとつが、ホス星系でかすかな送信を感知した。氷の惑星の調査を始めたプロボットは、エコー基地の痕跡を見つけるとすぐにダー

エコー基地の陥落

ス・ヴェイダーの旗艦に信号を送った。ヴェイダーは基地攻撃のために、専用のスター・デストロイヤー艦隊のデス小艦隊《スコードロン》を急行させた。

プロボットの信号を傍受したライカン将軍は、エコー基地が帝国軍の攻撃の目標になったことに気づいた。オルデランの破壊を目撃していた彼は、直ちに基地からの撤退命令を下した。エコー基地は予想をはるかに上回る軍事力を備えており、反乱軍は強力な防衛力を持ってはいたが、基地の安全は軍事力ではなく機密性によって守られていたのだった。レイア・オーガナとライカンは、すべての輸送艦に物資を積み込んで離床するようにと指示を出した。もはや一瞬の躊躇も許されなかった。

最初の輸送艦が離床する前にヴェイダーの艦隊は現れたが、反乱同盟軍が新たに入手したイオン砲の奇襲攻撃によって、大型艦船の脱出経路は確保された。基地に地上攻撃を仕掛けてきた帝国軍のAT-ATウォーカーに対して、反乱軍のスノースピーダーは不利な応戦を強いられた。残っている部隊を逃がす時間を稼ぐために、多くの兵士たちが自らの命を犠牲にした。

敵味方の両者に大勢の死者をもたらしながら、エコー基地は陥落した。ヴェイダーが廃墟になった司令センターに脚を踏み込んだころ、レイア・オーガナはハン・ソロとともに〈ミレニアム・ファルコン〉で脱出し、ルーク・スカイウォーカーも別路で脱出した。

ヴェイダーは艦隊に総力をあげて追跡するよう命じた。このとき彼は、ルーク・スカイウォーカーが自分の息子であることに気づいていたが、レイア・オーガナが娘であることにはまったく気づいていなかった。反乱同盟軍の重要人物であるオーガナは絶対に捕らえなければならない存在だった。ソロは追跡をかわすために、見事な操縦の腕前を披露してホスの小惑星帯のど真ん中を飛びつづけた。脱出には成功したものの、彼の宇宙船のハイパードライブは激しい損傷を受けてしまった。ヴェイダーは、追跡の手助けに何人もの賞金稼ぎを雇った。賞金稼ぎ組合が崩壊してから、彼らのほとんどは独立した工作員として働いていた。賞金稼ぎの中には、ヤヴィンの戦い以前からヴェイダーに特別扱いされていたボバ・フェットもいた。フェットは、イカリーの女性予言者の生きた頭部を取り戻して以来、暗黒卿のお気に入りとなっていたのだった。

帝国の追跡を撒いたと思ったソロは、ハイパードライブを修復するために、ガス惑星ベスピンへ向けてアイソン・コリダーをゆっくりと横切っていった。ソロは、クラウド・シティで、いまはまともな実業家となった〈ミレニアム・ファルコン〉の元の持ち主ランド・カルリジアンと再会した。ふたりの間にはイリーシアの戦いでの対立などの過去もあったが、カルリジアンが自分を友人として扱ってくれることを信じて、ソロは宇宙船の修理の手伝いを頼んだのだ。

だが、クラウド・シティまでソロを尾行してきたボバ・フェットが、彼らの居場所をヴェイダーに伝えていた。カルリジアンを脅したヴェイダーは、ソロとオーガナを罠にかけて捕らえた。彼は、ハン・ソロに意味のない拷問を与えつづけた。ダース・ヴェイダーの真の目的は、ルーク・スカイウォーカーをクラウド・シティにおびき寄せることだったのだ。

新たなるジェダイ　3ABY

ホスの戦いで勇敢に戦ったスカイウォーカーは、オビ=ワン・ケノービの示したヴィジョンに従って氷の惑星を後にした。彼は、ヨーダという名の神秘的なジェダイの師《マスター》を探して、宙図にない沼の惑星ダゴバへ到着した。気取りのない小人のような生物と出会ったスカイウォーカーは、最初、彼こそが偉大な戦士だとは気づかなかった。

ジェダイ評議会《カウンシル》の元一員であり、チューンソア事件の調停役としても有名なヨーダは、半信半疑の青年にジェダイの道を教えることを承知した。ヨーダは弟子に、強くなることはできるがその道のりはとても厳しいことを警告した。フォースを理解しようとするスカイウォーカーは、ヨーダが課した奇妙で不可能としか思えない難題に挑戦しつづける日々を過ごしていった。彼は、自らの心の恐怖に直面しながらも生来の才能を信じるようになっていった。

心を開いてジェダイの能力を開花させていったスカイウォーカーは、いくつかのヴィジョンを見た。そのひとつは、彼の友人ハン・ソロとレイア・オーガナがベスピンで捕らえられているものだ

ジェダイの訓練

った。罠だというヨーダの強い警告を無視したスカイウォーカーの心は、ヴェイダーの思惑どおりにクラウド・シティへと向かっていた。

ヴェイダーは、役目を終えた密輸業者のハン・ソロをカーボナイト・ブロックに冷凍して、ボバ・フェットに手渡した。ヴェイダーは、見習いジェダイのスカイウォーカーを同じように凍結して捕らえる準備をしていた。フェットは、ジャバ・ザ・ハットがソロに懸けた賞金をもらうために、凍結されたソロを携えて、クラウド・シティからタトゥイーンへと向かった。

ヴェイダーの罠は失敗に終わり、スカイウォーカーはよく戦った。帝国軍によって絶体絶命の状況に追い込まれた彼は、そのことを知ったランド・カルリジアンの思いもかけなかった助力を得た。市民にクラウド・シティを脱出せよと告げたカルリジアンは、その混乱を利用してレイアとチューバッカとともに〈ファルコン〉を駆って脱出した。クラウド・シティの風洞で続いていたヴェイダーとスカイウォーカーの戦いは、スカイウォーカーの右手を奪い去った。

そのとき、ダース・ヴェイダーは、自分がルーク・スカイウォーカーの父親だという驚愕《きょうがく》の真実を告げた。彼は息子に、自分と手を組んで皇帝を倒そうと持ちかけた。それを拒絶したスカイウォーカーは、底なしのようなクラウド・シティのコア・シャフトに落ちていった。ジェダイの力を使った彼は、エア・シャフトの中へと飛び込んだ。かろうじて空中大都市の下部にある風向計につかまった彼は、〈ファルコン〉によって救出された。ベスピン星系をなんとか脱出した彼らは、生き残った同盟軍艦隊に合流した。

反乱同盟軍にとって致命的な敗北だった。ホス基地は破壊され、ハン・ソロを失い、ルーク・スカイウォーカーは自分の暗黒の出自を知り、烏合《うごう》の艦隊に勝利のチャンスなど訪れようもなかった。

それでも、反乱同盟軍はあきらめなかった。エンドアの緑の月の上空では、もっと巨大な二代目のデス・スター建造の噂が流れはじめていた。情報の特定が最優先事項となった。侵入に成功した反乱軍の工作員が、帝国の試験航行させていたスーパー・レーザーの実験台〈ターキン〉を破壊したのだ。だが、これはほんの小さな勝利にすぎなかった。第二デス・スターの完成は、反乱同盟軍の滅亡を意味していた。

プリンス・シゾールとブラック・サン　3.5 ABY

反乱によって政局が不安定になると、帝国の皇帝の座を狙う者も現れはじめた。

爬虫類《はちゅうるい》種ファリーンのプリンス・シゾールは、銀河最大の犯罪組織ブラック・サンの首領だった。数年前のバウンティ・ハンター戦争《ウォー》を巧みに操った彼は、パルパティーンとヴェイダーについで銀河で三番目の実力者となっていた。自分の地位を上げることを企むシゾールは、旧敵のヴェイダーを亡き者にしようとした。プリンス・シゾールは、ダース・ヴェイダーとルーク・スカイウォーカーの血縁関係を知る数少ない人物でもあった。

ルーク・スカイウォーカーをフォースのダークサイドに転向させることを望んだパルパティーンは、ヴェイダーにこの青年を無傷で捕らえるように命令した。そこで、ヴェイダーの無能さを皇帝の前にさらけ出すために、シゾールはスカイウォーカーを殺すことを企んだ。

犯罪組織ブラック・サンは、ボバ・フェットとカーボン凍結されたハン・ソロの行方を必死で追いかけるスカイウォーカーの暗殺計画に着手した。スカイウォーカーの身を案じたレイア・オーガナは、暗殺者の手掛かりを得ようとして皮肉にもブラック・サンとの接触を試みた。

タトゥイーンに戻ったスカイウォーカーは、クラウド・シティで失った武器に代わる新しいライトセーバーを作っていた。惑星ボサウイからのメッセージを受け取ったスカイウォーカーは、密輸業者のダッシュ・レンダーとともにボサンの故郷へと向かった。第二デス・スターの設計図を運ぶ帝国の貨物船を拿捕するためだ。

スカイウォーカーとボサン・パイロットの中隊は、帝国の貨物船を制圧し、航行不能にした。その代価として多くのボサンの命が失われた。彼らは、貨物船のコンピューター・コアを近くの惑星コスリスに運び、データ解読者チーム《スライサー》が設計図と建設予定を解読しようとした。勝利に沸き返る反乱同盟軍だったが、これはパルパティーンが同盟軍艦隊をエンドアで罠にかけるために貨物船をわざと捕らえさせたのだ、と後に判明することとなる。

スカイウォーカーはコスリスで賞金稼ぎに捕らえられてしまったが、幸運にもボサンの技術者が隠した帝国のコンピューター・コアは最終的にモン・モスマの手に渡った。息子を捕らえようとコスリスに急行したヴェイダーだったが、スカイウォーカーはすでに脱出していた。

コルサントのプリンス・シゾールの贅沢《ぜいたく》を極めた要塞に近づくために、オーガナとチューバッカは賞金稼ぎに変装していた。当初、犯罪王シゾールはふたりの客人に丁寧で魅力的な応待をしていたが、最後にはファリーンであるシゾールの放つフェロモンでオーガナを囚われの身とした。チューバッカの脱出はシゾールの計画の範疇《はんちゅう》にあり、ウーキーがスカイウォーカーを連れて戻ってき

犯罪組織ブラック・サンの首領プリンス・シゾール

第二デス・スターの設計図を奪取する戦い

たところで、スカイウォーカーの命を奪うのが狙いだった。

　スカイウォーカーと仲間たちがオーガナの救出に来た。彼らはシゾールの城に侵入してプリンセスを見つけ出すと、脱出用に時限式サーマル・デトネーターをセットした。要塞が爆破されるまで五分しかないことを知ったシゾールは、惑星軌道上の空中宮《スカイフック》〈ファリーンズ・フィスト〉へと脱出した。シゾールの城の爆発は、コルサントに大きな穴を開け、都市景観を変えてしまった。〈ファリーンズ・フィスト〉に移ったシゾールは、逃げようとする〈ファルコン〉を破壊せよと私設宙軍に命じた。〈ファルコン〉は勇敢に戦ってはいたが、まもなく圧倒されていく。そのとき、スーパー・スター・デストロイヤー〈エグゼクター〉に率いられた帝国軍の戦艦が現れた。〈エグゼクター〉とタイ中隊は〈ファルコン〉には目もくれず、シゾールの宇宙船を攻撃しはじめた。

　繊細さも忍耐も持たないダース・ヴェイダーは、ルーク・スカイウォーカーを殺そうとするシゾールの恥知らずの企みに激しく怒っていた。暗黒卿はシゾールに、直ちに宙軍を呼び戻して帝国軍に投降しなければ、〈エクゼクター〉が空中宮《スカイフック》を破壊する、と最後通告を突き付けた。返答を拒んだシゾールは、ヴェイダーの砲手によって〈ファリーンズ・フィスト〉ごと爆破され、燃える残骸と化した。

　シゾールの死は、ブラック・サンの組織内部に権力の空洞をもたらした。彼の片腕だった人間型《H》レプリカ・ドロイド《RD》のグリは姿を消し、シゾールの副官たちは権力争いを始めた。争いがエスカレートするにつれて死者の数も増えていった。

ヴェイダーがブラック・サンに気を取られている間、皇帝に仕える大提督のひとりが大胆かつ破滅的なクーデター計画を作り上げた。シゾールの死の直後、ザーリン大提督は、オッテガ星系でヴェイダーの艦隊を攻撃し、コルサントでは皇帝の専用シャトルを捕らえたのだった。ザーリンの計画は、忠実な帝国軍部隊によって破られ、反逆者たちはアウター・リムへの脱出を図った。結局、ザーリンはスローン大提督によって殺された。

同盟軍の勝利

反乱軍の再編成　4ABY

複雑かつ大胆な計画によって、ハン・ソロはジャバ・ザ・ハットの手から解放された。ナメクジのような悪党は死に、デシリジク・ハット犯罪組織は崩壊した。レイア・オーガナ、ランド・カルリジアン、そしてソロは、帝国に対する大規模攻撃の準備のために同盟軍艦隊と合流した。

ルーク・スカイウォーカーは、ヨーダのもとで訓練を続けるためにダゴバに戻った。だが、彼がダゴバに到着したとき、九〇〇歳のジェダイ・マスターは死の床に伏していた。ヨーダは、ダース・ヴェイダーがスカイウォーカーの父親であることを認めた。死後、その姿は消え去り、フォースとひとつになった。その直後、オビ=ワン・ケノービの霊との会話でレイア・オーガナが妹であることに気づいたスカイウォーカーは、その事実に驚いた。彼らは双子として生まれるとすぐに別れ別れにされて隠されたのだ。ヴェイダーでさえ、オーガナが娘であることを知らなかった。新事実とヨーダの死に衝撃を受けながらも、スカイウォーカーは仲間の艦隊へと戻っていった。

反乱同盟軍の旗艦の中では、同盟軍の指導者モン・モスマが部隊の指揮官たちに反乱同盟軍の計画を説明していた。ボサンのスパイが、解読したコンピューター・コアをコスリスから運び込んでいたのだ。その中には第二デス・スター建造計画の詳細が記されていた。このデータを手に入れるために多くのボサンが命を落とした。モン・モスマとアクバー提督は攻撃を計画していたが、皇帝パルパティーン自身がデス・スターの視察を行なうという他からの情報が彼らをさらに活気づけた。もし彼らが攻撃が成功して新しい戦闘ステーションを破壊できれば、邪悪な暴君をも抹殺することができるからだ。

反乱同盟軍のアクバー提督

エンドアの戦い　4ABY

サラスト星系に集結し陽動攻撃を行なった後、反乱同盟軍の奇襲部隊はエンドアを包囲する帝国軍の保安網をすり抜けた。レイア・オーガナ、ルーク・スカイウォーカー、将軍に昇進したばかりのハン・ソロが率いる部隊は、デス・スターの建造現場を保護しているシールド・ジェネレーターを破壊するために、深い森を抜けて行った。不運にも部隊はさまざまな困難に遭遇したうえに、スカイウォーカーが自ら捕まってしまった。反乱同盟軍攻撃艦隊が、デス・スター攻撃のためにハイパースペースから離脱したときにも、シールド・ジェネレーターは標的を防御していた。

ヴェイダーは捕虜にしたルークス・スカイウォーカーをデス・スターに連れて行き、皇帝パルパティーンに引き合わせた。反乱同盟軍艦隊が攻撃を開始したとき、スカイウォーカーはこの状況が皇帝自身が張り巡らせた罠だったと気づいた。大規模な帝国軍の艦隊がエンドアの反対側から現れ、同盟軍の艦隊に攻撃を開始した。

スカイウォーカーは、父の心に触れてフォースのライトサイドに戻そうと説得したが、ヴェイダーは揺るがなかった。

多くの反乱部隊が殺されていくなか、皇帝は父親と息子をライトセーバーで戦わせるように仕向けていった。戦いの間に、息子の内に善と誠実さを見たヴェイダーの心は揺れはじめた。彼は自分の娘、スカイウォーカーの妹のレイア・オーガナのことも知った。妹を裏切ってしまったことになったスカイウォーカーは抑制していた怒りを爆発させた。怒りの力を引き出した彼は、ダース・ヴェイダーを圧倒して重傷を負わせた。スカイウォーカーの怒りを見た皇帝は賞賛を与え、ダークサイドへの第一歩を踏み出したことに満足した。

しかし、驚くべきことにスカイウォーカーは、父親を死に追いやる戦いを放棄した。激怒した皇帝は暗黒のフォース・パワーで攻撃を仕掛け、青い稲妻でスカイウォーカーを殺そうとした。息子の苦しみと皇帝の喜びを見ていたヴェイダーは、ついに長い間自分を抑圧していた邪悪を打ち破り、反撃に出た。ヴェイダーは、エネルギーを撒き散らしているパルパティーンをつかみ上げるとデス・スターのシャフトへと投げ込んだ。邪悪なる指導者は消え失せた。だが、暗黒のパワーの衝撃波はヴェイダーにも致命傷を負わせた。最後に自分を救ってくれた恐ろしい敵、死にゆく父親を前にしたスカイウォーカーにはなす術もなかった。

彼は父親をシャトル区画まで引きずって行ったが、脱出する前にアナキン・スカイウォーカーは息を引き取り、フォースとひとつになった。

シールド・ジェネレーターはついに破壊され、ランド・カルリジアンとウェッジ・アンティリー

エンドアの英雄たち

ズ率いる反乱軍の戦闘機部隊がデス・スターの炉心《コア》を目指して、上部構造部から飛び込んでいった。外側では、アクバー提督の艦隊が、インペリアル・スター・デストロイヤー艦隊と旗艦〈エグゼクター〉に猛攻撃を続けていた。

Aウイング・パイロットのアヴェル・クライニッドの自己犠牲的特攻によって、ブリッジを破壊されたスーパー・スター・デストロイヤー〈エグゼクター〉は制御不能に陥り、デス・スターの表殻に激突した。カルリジアンとアンティリーズは、弾頭を反応炉《リアクター・コア》に撃ち込むと、強烈な爆裂衝撃波をかろうじてかわして宇宙空間に飛び出した。

自由を愛する銀河中の住民たちが、新秩序《ニュー・オーダー》の終焉と皇帝パルパティーンの死を喜んだ。まだ多くの問題は残っており帝国が打倒されたわけではなかったが、限りない苦闘の末にエンドアの戦いに反乱同盟軍は勝利を収めたのだった。

ついに、新共和国が誕生したのだ。

バクラの休戦　4ABY

　帝国軍艦隊はエンドアから撤退したが、反乱同盟軍に勝利を味わっている時間はなかった。皇帝が死んだ翌日、帝国軍の無人船がパルパティーン宛のメッセージを携えて、デス・スターの冷えつつある残骸に到着した。「バクラは領域外の異星人侵略部隊からの攻撃を受けている。防衛部隊の半分と星系外の前哨基地はすべて失われた。緊急事態、繰り返す、緊急事態、ストームトルーパーを派遣されたし」

　バクラはアウター・リムの帝国支配下にある辺境の惑星だが、帝国軍がバクラの住人を救いに行くことはできなかった。皮肉にも、エンドアにおける反乱軍の勝利が、罪のない惑星の運命を決めてしまった。モン・モスマは、この辺境の惑星を見捨てず防御のために小規模の機動部隊を派遣した。皇帝から被った傷がまだ癒えていないスカイウォーカー中佐は、オビ=ワン・ケノービの霊体からのメッセージを受け取った。ケノービはかつての弟子に、バクラの件を処理するように勧告し、スカイウォーカーは機動部隊の司令官になった。

スカイウォーカーは、五隻のコレリアン・ガンシップと一隻のコルヴェット艦に〈ミレニアム・ファルコン〉を率いて、既知領域の端で未知領域《アンノウン・リージョン》との宙境へと出発した。バクラに到着した彼らは、異星人の侵略の脅威を知ることとなった。

温血のトカゲのようなシ＝ルウクという種族が征服活動に着手していた。捕虜にした人間の生命エネルギーをバトル・ドロイドの制御回路に使うエンテクメント技術によって、シ＝ルウクは簡単に使い捨ての戦力を得ることができるのだった。バクラの全人口をエンテクメントできれば、シ＝ルウクは大銀河に大きな脅威をもたらす機械戦士を大量に持てることになる。

包囲されていたバクラの帝国軍は、長い間敵対関係にあった同盟軍艦隊を歓迎した。正式な停戦協定を結ぶために、レイア・オーガナは帝国のワイレック・ネリアス総督と、首都のサリス・ダーで会談した。ネリアス総督は、バクラのヨーグ・キャプティソン首相と彼の美しい姪《めい》ゲリエル・キャプティソンとともに同盟軍の提案を聞いた。ネリアスは疑惑を抱いていたが、皇帝の死が確認されると、これこそバクラが生き延びるための唯一の希望であることを理解した。総督はオーガナの援助を受け入れ、停戦に同意した。握手をもって、反乱軍と帝国軍間の最初の停戦が実現した。

この夜遅く、レイア・オーガナは招かれざる人物の訪問を受けた。かつてダース・ヴェイダーであった実の父、アナキン・スカイウォーカーの魂は、彼女の許しを請うていた。

オーガナが自分の出自を知ったのは、ほんの数日前だった。だが、ヴェイダーが、彼女をデス・スターで拷問したことやハン・ソロをボバ・フェットに渡したこと、故郷のオルデランを破壊して塵にしてしまったことを忘れるわけにはいかなかった。亡霊は消え、娘の前に再び出てくることはなかった。

シ＝ルウク侵略艦隊はバクラに対する次の攻撃の準備をしていた。強力な旗艦〈シュリウィル〉の船上では、シ＝ルウクのイヴピッキス提督が最後の猛攻撃のためにバトル・ドロイドの準備をしていた。イヴピッキスの部下のひとりは、洗脳した人間の〝ペット〟を持っていた。彼は、幼少時からシ＝ルウクに育てられてきた。この人間デヴ・シブワラは、フォースの潜在能力を持っていて、ルーク・スカイウォーカーを感じ取った。彼は自分の主人たちに注意を促した。シ＝ルウクは、この強力なジェダイが、遠く離れた獲物からも生命エネルギーをエンテクメントする能力を持っていることを期待した。シブワラはひそかにネリアス総督に接触をして総督をした。総督がスカイウォーカーを差し出せば、シ＝ルウク艦隊はバクラから静かに引き上げるというのだ。

ネリアスは異星人の言葉をそのまま信じるほど愚かではなかった。逆に、彼はふたつの脅威であるスカイウォーカーとシ＝ルウクを一気に排除する方法を思いついた。彼は、オラブリアン・トリコイドの卵が三つ入った莢《さや》をスカイウォーカーの食事に入れた。シ＝ルウクの旗艦にスカイウォーカーが卵とともに安全に乗り込めばよいのだ。強力な感染力を持つ吸血寄生幼虫は孵《ふ》化《か》すると、宿主の体内を食い破って殺すのだ。この恐ろしい寄生虫は、免疫を持っていない異星人にも感染するはずだった。

勝利を確信したネリアスは、レイア・オーガナを扇動の罪で逮捕した。これを当局の権力の乱用

歴史的な停戦協定

であると受け止めたバクラ市民が蜂起《ほうき》して、サリス・ダーの暴動が起きた。この混乱のなか、ソロは拘留場所からオーガナを救い出した。ふたりはいまにも起こるはずの異星人の攻撃に備えるために〈ファルコン〉に乗り込んだ。

スカイウォーカーは、サリス・ダーの宇宙港でシ＝ルウクに捕らえられた。〈シュリウィル〉に連行されたスカイウォーカーは、エンテクメント装置につながれた。ジェダイの英雄的行動に心を動かされたデヴ・シブワラは主人による洗脳を打ち破り、自分の頭で考えることができるようになった。シブワラはスカイウォーカーの脱出を助け、ふたりは〈シュリウィル〉の廊下を戦いながら進んでいった。そのため〈シュリウィル〉は大きな損害を被った。神聖なる故郷から遠く離れたところで死ぬということは、彼らの宗教理念からすると恐ろしいことだった。

イヴピッキスとシ＝ルウクの乗員たちは、救命《ライフ》ポッドで旗艦から脱出して、他の戦艦に拾い上げられた。

一方、バクラの軌道上では、反乱軍と帝国軍の艦隊が侵略者に対して合同戦線を形成していた。シ＝ルウク艦隊は激しい爆撃を受けた。彼らは、生き延びるために完全撤退を始めた。見捨てられた旗艦〈シュリウィル〉を除くすべてのシ＝ルウク艦は、未知領域《アンノウン・リージョン》へ向けてハイパースペースへと消えていった。

ネリアスは再び裏切った。シ＝ルウクが撤退すると、偽りの同盟を結んだ敵への攻撃指令を出した。反乱軍の旗艦と多くの艦が破壊された。生き残った反乱軍の戦闘機も追い詰められ、脱出は不可能となった。最後のチャンスは、帝国軍の司令艦〈ドミナント〉を破壊することだった。ソロ将軍は〝玉突き攻撃《キャロム・ショット》〟を決断して準備を整えた。〈ファルコン〉を帝国軍の小型巡視船にぶつけて、巡視船を〈ドミナント〉のメイン・ジェネレーターにぶつけるという作戦だ。成功すれば反乱軍艦隊は脱出できるが、それは同時に〈ファルコン〉の乗員の死を意味していた。レイア・オーガナは同盟軍の艦艇に別れの言葉を贈った。「反乱の火を銀河にまいてちょうだい」それから、最後の言葉を言った。「火口《ほくち》の乾いている場所なら、必ず燃え上がるわ」

しかし、〈ドミナント〉が、〈シュリウィル〉を破壊するための隊形から離れた。〈ファルコン〉はキャロム・ショットを中止し、大破している〈シュリウィル〉からルーク・スカイウォーカーとデヴ・シブワラを救出した。スカイウォーカーは、気管支の中にいた寄生虫オラブリアン・トリコ

銀河外郭部からの侵入者シ=ルウクのイヴピッキス提督

イドの幼虫を感知して、フォースの力を借りてすでに取り除いていた。

反乱軍艦隊は難局を切り抜け、敵を敗北に追いやった。帝国軍防衛部隊のプター・サナス司令官は降伏した。バクラでは抵抗勢力の戦士たちに捕らえられたネリアス総督が不運な事故で死亡していた。

喜ばしい勝利の瞬間だった。キャプティソン首相がバクラの実権を掌握し、反乱同盟軍の提唱する〝自由惑星同盟〟に参加したのだった。サナス司令官は、バクラからの帝国軍の撤退を見届けてから軍籍を離れ、バクラン防衛部隊を指揮することに同意した。一連の出来事の中でゲリエル・キャプティソン元老院議員は、ルーク・スカイウォーカーと親しくなったが、彼女は故郷を愛していた。サナス司令官と結婚した彼女は、バクラの首相に選ばれた。彼女が最初に行なったのは、シ＝ルウクの再攻に備えて新たに強力な防衛戦艦を任務に就けることだった。

あらゆる医療措置をルーク・スカイウォーカーから施してもらったデヴ・シブワラだったが、〈シュリウィル〉の戦いで受けた深い傷によって死んだ。だが、スカイウォーカーは、フォースを使う能力を持つ者が他にも存在することを知った。彼は多くの志願者を見つけて、できるだけ早くジェダイ・オーダーを修復することを誓ったのだった。

シ=ルウク・スペースへの侵攻　4〜5ABY

シ=ルウク事件は同盟軍の結束を固めた。モン・モスマには、帝国から銀河を取り戻すためには長期にわたる消耗戦が続くことがわかっていた。同時に、シ=ルウク帝国が再起して他の無力な星を襲うのを見過ごすわけにもいかなかった。囚人をエンテクメントして戦闘マシンに十分なパワーを補充されれば、この爬虫類種の侵略者を食い止めることはできなくなるからだ。

新共和国は、一二隻のネヴュロンBフリゲート艦と小型の戦艦による侵略機動部隊を編成し、敵の本拠地へと向かった。作戦の先頭に立つのは、改装と修理を施されたシ=ルウクの旗艦だった。同盟軍は旗艦を〈シブワラ〉と命名したが、乗員たちはシ=ルウクの音楽的な言語形態のニックネームの〈フルーティ〉と呼んだ。

〈シブワラ〉での船上生活は大変だった。任務の間中、乗員は艦に搭載されている不可解な装備と格闘しつづけた。元のブリッジ制御装置は、通常規格装備に換装され、スカイウォーカーのプロトコル・ドロイドC-3POが翻訳したシ=ルウク言語集が用意された。それでも異星人の装置によってケガをしたり死亡したりする乗員もいた。

　モン・モスマは、帝国にシ゠ルウクに関する反乱軍情報部のデータをすべて提供した。両面攻撃を期待したからだった。だが、帝国軍は自分たちの問題でそれどころではなかった。

〈シブワラ〉がシ゠ルウク星団に到着すると、驚いたことに彼らの大半が叩きのめされていた。未知領域《アンノウン・リージョン》の奥から来た別の部隊が、シ゠ルウク帝国が気づく前に蹂躙していたのだ。最新の分析データによると、攻撃したのは青い肌をした亜人間《ヒューマノイド》のチスであった。帝国軍のスローン大提督もこの種族の一員だった。

　シ゠ルウクの本拠地へ侵攻する〈シブワラ〉と護衛艦は、イヴピッキスの異星人艦隊との交戦を続けた。だが両者とも行き詰まった。反乱軍は交渉を試みたが結論は出なかった。もはやシ゠ルウクに侵略する力は残っていなかった。その状況に安心したモン・モスマは、新政府が直面している他の多くの問題に力をそそぐことにした。彼女は、艦隊を呼び戻し、自由を求めて奮闘しているラクドアⅦの解放を援護することを命じた。

PART V

新共和国の誕生

レイア・オーガナ、ハン・ソロ、それにルーク・スカイウォーカーたちがバクラをシ＝ルウクの手から守っている間、モン・モスマは新しい銀河政府を樹立するための準備をしていた。帝国を根絶するには何年も何十年もかかることは明らかだった。だが、エンドアでの勝利は新時代の第一歩を象徴する出発点だった。

勝利の日から数日後、反乱同盟軍は公式に、政府の詳細が決まるまでの暫定機関として設置された自由惑星同盟へと移行した。そして、エンドアの戦いから一か月後、モン・モスマは新共和国宣言を公布した。

エンドアの戦いが新共和国時代の始まりと見なされているが、実際にはモン・モスマの宣言によって〝公式な〟政府が樹立されたのである。宣言文に署名したのは、モン・モスマ、レイア・オーガナ、ボースク・フェイリャ、アクバー提督、それとコレリア、キャッシーク、サラスト、エロムの〝代表〟だった。新共和国憲章に基づき、この八人が新共和国暫定評議会を構成することになった。モン・モスマは評議員議長に選ばれた。

数か月の間、新共和国は帝国領域に対しての大規模な軍事攻撃は行なわなかった。その代わり、同盟国の結束を固め、外交を通じて何百もの惑星の支持を得ていった。皇帝死亡のニュースを聞きつけた数えきれないほどの星が、新共和国の傘下に入った。ほとんどはリム領域の星だった。この期間、ローグ中隊のウェッジ・アンティリーズ隊長とXウイング・パイロットたちは、偵察、護衛、交渉などの任務を行なっていた。

帝国の分裂　4〜4.5ABY

新共和国は、自壊を続ける帝国を直ちに攻撃する必要がないとしていた。パルパティーンの指導力が消えてから、帝国軍は戦うべき相手を見失っていた。第二デス・スターが破壊された後も反乱軍との戦いを続けていた帝国軍艦隊だったが、スター・デストロイヤー〈キメラ〉の艦長となったギラッド・ペレオンは自軍が戦える状態でないことを悟り、全艦隊に撤退とアナージへの再集結命令を下した。

エンドア艦隊に所属していた機動部隊司令官のハースク提督は、皇帝の死を絶好の機会だと捉えた。ペレオン艦長ごとき者の命令など聞く気もなかった彼は、銀河中心部の立ち入り禁止区域ディープ・コアへと艦隊の一部を引き連れていった。帝国軍の安全地帯であるその場所に、ハースクは自分自身の小さな帝国を作った。

帝国を離脱した大将軍はハースクが最初だったが、その後何人も離脱が続いた。パルパティーンやヴェイダーのような恐ろしい指導者たちがいたからこそ、帝国は長い間、ひとつにまとまっていたのだった。エンドアの後、突如として、誰もが帝国を掌握するか独自の帝国を作りはじめた。この大将軍たちの権力願望が帝国をさらに弱体化させていった。

最初の数か月間に多くの大将軍たちが帝国を離脱していった。ハースクに続いて離脱したテラドク提督は、エンドアの敗北の数日後、ディープ・コアの外側に小帝国を樹立した。ゲイン・ドロンメル提督は、スーパー・スター・デストロイヤー〈ガーディアン〉を率いて、故郷の宙域を支配下に置いた。ターキンの後任者のグランドモフ・アーダス・ケインは、ペンタスター連合という同盟を設立して、アウター・リムの大部分を支配した。クエライ宙域の支配者ズンジ提督は、後に新共和国にとって最強の敵となった。

パルパティーンの脅威が消えたわけでなかったことを誰も気づかなかった。オビ＝ワン・ケノービと同様、皇帝の魂は肉体が滅びても生きていた。パルパティーンの生命は、ディープ・コアに隠された玉座の惑星ビィスへと長い旅をしていた。彼は、自身の遺伝子を使った新鮮な若いクローンに乗り移っていた。数年後にその姿を現すまで、誰にも知られることなくパルパティーンのクローンは、自らの部隊の再統合を続けていた。

帝国の維持が任務だった皇帝の高官セイト・ペスタージュは、皇帝が死ぬと抜け目なく帝国の玉座を手に入れた。カリスマ性に欠けた彼は、帝国を率いるだけの影響力を持っていなかった。さらに彼にはインペリアル・パレス内に多くの敵がいた。ペスタージュは、目下の敵である統治機構と呼ばれるパルパティーンの元顧問団への監視を怠らなかった。帝国情報部長官イセイン・アイサー

皇帝の顧問セイト・ペスタージュ

ドは、両者の間を暗躍していた。

両者とも、手遅れになるまでアイサードの真の目的に気づかなかった。彼女は、自分が女帝として君臨するために、両者が争うように仕向けて共倒れになることを画策していた。

ブラック・ネビュラ　4～4.5ABY

その舞台裏では、犯罪組織ブラック・サンが首領プリンス・シゾールの死から立ち直れないでいた。組織の残滓を狙って、幹部や副官《ヴィゴ》たちが争いはじめていた。ブラック・サンの下部組織の一員ジョウジジュのデキークは、ブラック・ネビュラという名の組織を復活させて、自らが首領になろうと企んだ。エンドアの戦いの直前、皇帝からデキークの殺害を命じられた〝皇帝の手〟のひとりマラ・ジェイドは、スヴィヴレンで彼を殺した。

後にジェイドは、スヴィヴレンで殺害した相手が身代わりであったことを知った。パルパティーンの跡目をめぐる帝国内で、ブラック・ネビュラを拡大していったデキークは、数か月後、居場所を突き止めたマラ・ジェイドによってついに息の根を止められた。

同じころ、プリンス・シゾールの姪サバンはブラック・サンの残党をまとめようとしていた。サバンの策略の鍵となるのは、シゾールの右腕で組織のすべての秘密を知る人間型レプリカ・ドロイド《HRD》のグリだった。記憶と暗殺プログラムを消去しようとする彼女を、サバンはハードの衛星まで追っていった。

レイア・オーガナ評議員、ハン・ソロとランド・カルリジアンの両将軍も、犯罪帝国の樹立を阻止するためにハードの衛星へと向かっていた。銃撃戦の末、サバンは捕らえられ、犯罪プログラムを消去されたグリは自由の身となった。

デキークを失ったブラック・ネビュラは崩壊し、互いに殺し合ったシゾールの副官《ヴィゴ》たちは死んだ。

ブラック・サンが消滅してから三年後、新共和国は、コルサント奪還のためにうかつにも組織の復活を許してしまった。

アイサードの台頭　4.5～5ABY

新共和国は、モン・モスマの故郷シャンドリラに近い、コア・ワールドに影響力を持つ富裕なブレンタールに侵攻した。このころ、イセイン・アイサードの策略が実を結びはじめた。ブレンタールの陥落を絶対に許さないと誓うセイト・ペスタージュだったが、新共和国軍は全面攻撃へ向けて動き出した。

アイサードの助言に従って、ペスタージュは役立たずのアイソート提督にブレンタールの防御を任せた。帝国最高の戦闘機パイロットのバロン・スーンティア・フェルと伝説的な181帝国宇宙戦闘機隊が懸命に戦ったが、アイソートのヘマのせいで新共和国はブレンタールを制圧した。バロン・フェルは、最後の戦いで新共和国に捕らえられた。後に彼は、ローグ中隊のXウイング・パイロットとして活躍することとなった。

一見、ブレンタールの陥落はペスタージュの責任に見えた。統治機構は彼の責任を追及した。アイサードに一杯食わされたことを知ったペスタージュは亡命の準備をした。アクシーラでレイア・オーガナ評議員と秘密に会った彼は、亡命の条件を提示した。二五の惑星を自分の支配下に置く代わりに、新共和国の攻撃に対してコルサントを無防備の状態にしておくというものだった。コルサントが戦いにおいて鍵となると考えたオーガナは、不安を感じながらもペスタージュの要求を受け入れた。

アクシーラでの会談を知ったアイサードは、直ちにペスタージュの裏切りを統治機構に知らせた。自ら帝国を統治することを決めた統治機構は、彼の逮捕命令を下した。

シウトリックに逃げたセイト・ペスタージュは、地元の帝国総督に逮捕された。アクシーラの取

惑星ブレンタールの攻防戦

り引きは無効となったが、新共和国は行動を起こす必要があった。ペスタージュを新共和国が助け出したことが前例となれば、他の帝国の高官たちの帝国離れが進むかもしれなかったからだ。ペスタージュを救出するために、ローグ中隊と奇襲部隊がシウトリックに送り込まれた。

救出任務は不成功に終わり、ペスタージュは帝国軍のクレンネル提督に殺された。クレンネル提督はペスタージュの支配地を奪って、帝国から離脱した最後の大将軍となった。コルサントでは、統治機構を皆殺しにしたイセイン・アイサードが玉座に就いた。周囲の失脚に乗じて勝利を収めたアイサードは、二年以上にわたって崩壊しかけた帝国を支配しつづけた。

エンドアの戦いの八か月後、アクバーと新共和国艦隊は別の帝国の領域を攻撃した。この軍事行動がコルサント攻撃の前哨戦ではないかと懸念したアイサードは、首都惑星とコア・ワールド防衛のために数百隻のスター・デストロイヤーを召集した。

招集を受けた帝国軍の中には、ディープ・コアの端にあるあまり知られていないクアノッチ星団のブラック・ソード部隊《コマンド》もあった。ブラック・フリートが、ヌゾスの中央造船場を離床する準備を進めていたときに、イェヴェサの造船労働者たちが衝撃的な反乱を起こした。地下組織の指導者ニル・スパーに先導されたイェヴェサたちは、帝国軍人の数千人を殺し、数百人を捕らえた。彼らは、スーパー・スター・デストロイヤー〈インティミデイター〉を含むブラック艦隊のスター・デストロイヤーすべてを制圧した。

イェヴェサはこの出来事が漏れないようにした。新共和国は気がつかなかった。情報部の不正確

帝国情報部長官イセイン・アイサード

なデータを受けたアイサードは、ブラック・フリートがヌゾスから何宙域か離れたカル・セティでの大災害に遭遇して消滅したものだと思っていた。宙域を閉ざしたクアノッチ星団は、一二年後にブラック・フリートの危機という恐ろしい出来事を引き起こした。

皇帝の死から一年後、グランドモフ中央委員会は、自分たちの権力基盤を強固にしてアイサードに敵対することを決めた。彼らは、ケッセルの元奴隷支配者トライオキュラスを帝国の指導者として選出し、艦隊を手中に収めようとした。彼らに従う者たちもいたが、スター・デストロイヤー〈キメラ〉のペレオン艦長を含む艦隊の多くは、アイサードへの忠誠を守っていた。

新共和国は、モン・モスマが短期間だけ結成した潜入分析機動部隊の議会惑星情報網《SPIN》の協力を得てグランドモフたちに対抗した。同じころ、ジャバ・ザ・ハットの父親ゾルバを刑務所から釈放したアイサードは、ゾルバに気づかれぬように工作員として争いの渦中に送り込んだ。ゾルバは、ランド・カルリジアンが帝国から解放した直後のクラウド・シティを奪い取った。結局、艦隊戦は起こらなかった。トライオキュラスとゾルバ、そして〝ダークサイドの予言者〟と呼ばれる謎めいた陰の一団は、内部抗争を引き起こして自滅した。この謀議に加わったグランドモフたちは処刑され、帝国の支配者としてのアイサードの立場はより強固なものとなった。

数か月後、イセイン・アイサードは新共和国によるコルサントのスパイ活動を未然に防止した。バクラの休戦時に拿捕したタイ・ファイターを駆って、ローグ中隊のパイロット、タイコ・ソークーが帝国の首都に侵入したのだ。だが、スパイを見つけ出したアイサードは、彼を地獄の刑務所

〈ルサンキア〉に投獄した。なんとか脱獄して新共和国に戻ったソークーを、洗脳された工作員ではないかと疑惑の目で見る者も多かった。

スカイウォーカー将軍　5～5.5ABY

トライオキュラス事件の間、新共和国は、重要なハイパースペース交点のミラグロの支配権をめぐって長い軍事行動を続けていた。反乱軍の製造施設侵入に対し、帝国はミラグロの破壊も辞さない構えだった。三か月にわたるAT-ATウォーカーと新共和国軍の消耗戦の後、帝国は惑星の地表を軌道爆撃によって焼き払って、去っていった。

新共和国は、ドレッドノート艦〈ニュー・ホープ〉を司令部として、星系内にとどまった。修理のためにミラグロ星系に現れた損傷したインペリアル・スター・デストロイヤーが、〈ニュー・ホープ〉と出くわした。スター・デストロイヤーへの戦闘機攻撃をハン・ソロ将軍が指揮する一方、モン・モスマは〈ニュー・ホープ〉のブリッジから戦いの陣頭指揮をとった。そして、ルーク・スカイウォーカーの優れたXウイング戦術によって帝国軍は降服した。エンドアの戦いでスーパー・

スター・デストロイヤー〈エグゼクター〉を身を挺して撃沈したAウイング・パイロットのアーヴエル・クライニッドに敬意を表して、拿捕されたデストロイヤーは〈クライニッド〉と改名された。ミラグロにおける英雄的行動によって、スカイウォーカー中佐は将軍に昇進した。

　スカイウォーカー将軍は、意に反して指令を下す重責を担うことになった。バクラでの経験から、スカイウォーカーの関心は、軍事よりフォースの精神的理解に移っていた。デヴ・シブワラとの出会いによって、カターンはジェダイ・オーダーを復活させることができると確信していた。カイル・カターンの勇敢な行動の中に、フォースの潜在力を見つけたスカイウォーカーはその確信を強くしていった。彼は、五年前のデス・スターの設計図を奪取する任務を手伝い、帝国のダーク・トルーパー計画をも頓挫させていた。彼自身も、ジェダイとしての可能性を自覚していた。

　ダーク・ジェダイのジェレク率いる皇帝のダークサイドの達人たちは、資金を調達してひそかに軍閥を作り上げていた。彼らの力は限られていたが、ジェレクは、ルーサンにあるジェダイの谷を見つけた。そこには、千年間にわたって、暗黒の同盟と光明の部隊《アーミー・オブ・ライト》の魂たちが聖所に囚われていた。アイサードを引きずり降ろして、広大な新しい帝国を支配するために、ジェレクは谷の力を使おうとしていた。

　ダーク・ジェダイたちの壮大な計画が遂げられる前に、カターンは独力でジェレクと手下たちを打ち倒した。感銘を受けたスカイウォーカーは、カターンにジェダイの弟子として訓練を受けるようにと申し出たが、断られてしまった。その直後、新共和国はインナー・リムで起きた残酷な軍事行動のために身動きがとれなくなった。部隊を率いてミンドアの戦場に赴いたスカイウォーカーは、隠れていた帝国軍の抵抗組織を見つけ出した。シャドウスポーン卿の指揮するストームトルーパーは最後のひとりまで戦い、スカイウォーカーはそこで流された血と不必要に失われた生命に愕然とした。

将軍に昇進してから六か月も経たないうちに、ルーク・スカイウォーカーは新共和国軍を自ら退役した。

最後の大提督　6ABY

皇帝パルパティーンは、有能な下僕に対してもったいぶった称号を頻繁に与えた。それは、貪欲《どんよく》で野心的な悪名高い帝国の特質をさらに助長した。最も優れたストームトルーパーはロイヤル・ガードとなり、その中でもとくに優秀な者は惑星ビィスのインペリアル・ソヴァリン・プロテクターになるという噂があった。当初、帝国宙軍の最も高い階級は提督だったが、パルパティーンはその上に大提督という上部階級を作った。その数は同時期に一二人と決められていた。

一二人の大提督は、飾り気のない真っ白いユニフォームと編んだ肩章ですぐに判別できた。彼らは精鋭の中の精鋭であり、軍事戦略に関して比類なき才能を持っていた。エンドアの戦い後、生き残った大提督たちが団結して共通の敵に向かっていれば、新共和国は初期のうちに一掃されていたかもしれなかった。

幸運にも、その脅威は具体化しなかった。最初の裏切り者はザーリン大提督だった。エンドアの戦いの直前、彼は皇帝に反逆を試みたが失敗した。他の大提督の多くは第二デス・スターと運命をともにした。彼らに艦隊を直接指揮させるよりも、戦闘ステーション内に留めておくほうがよいと判断したパルパティーンに感謝すべきだろう。一二名のうちの生き残りも、数か月のうちに同じような運命をたどった。

シン大提督は、キャッシーク解放時にアクバーに倒され、彼の旗艦は跡形もなくなった。グランガーとピッタの両大提督は、コレリアン宙域の支配権をめぐる熾烈《しれつ》で無益な戦いを行なって共倒れとなった。テイケル大提督はトライオキュラスに処刑され、狂信的なイル＝ラズ大提督は旗艦をデナリウス新星の中心部に突っ込ませて自殺した。バッチ大提督を暗殺した彼の副官は、バッチの機動部隊を奪って、ディープ・コアのハースク大将軍《ウォーロード》と合流した。

最後の大提督と言われたグラント大提督は、戦争犯罪の免責とラサレイへの隠居という条件を取り付けて新共和国に亡命した。彼の亡命は、エンドアの戦いの二年後のことだった。大提督は全員片づいたと判断した新共和国は、皇帝の大提督に関する捜査を打ち切った。

最も危険な大提督が残っているとは、誰ひとりとして考えもしなかった。青い皮膚を持つスローンは、ザーリン大提督の反逆の後、パルパティーンの秘密の式典によって正式に大提督に昇進した。その直後、スローンは未知領域《アンノウン・リージョン》に派遣されたため、新共和国は彼を見逃してしまったのだ。数年後に戻ってきたスローン大提督によって、新共和国は再び大提督の肩書きの脅威にさらされることとなった。

コルサントの戦い　6.5〜7ABY

新共和国が誕生して二年半経っても、帝国はいまだ銀河で大きな力を持っていた。悪の大将軍《ウォーロード》たちが台頭してきても、帝国軍は安定した惑星の多くを支配下に置き、銀河の中心であるコア・ワールドも統治していた。軍事的攻勢に出ない限り、新共和国が銀河内乱を終わらせることは不可能だった。

帝国を打倒する最も効果的な方法は、政府の力と権威の象徴と言えるコルサントを手に入れることだった。新共和国は帝国領域の惑星を、コルサント攻撃のための〝飛び石〟として制圧しはじめた。この行動の一環として、ウェッジ・アンティリーズは宣伝活動から呼び戻されて、積極的な軍事作戦に就いた。アンティリーズの伝説的なXウイング部隊であるローグ中隊にも、新しいパイロットたちが加えられた。

多くの犠牲を出した二度の攻撃によって、新共和国はコロニー領域のボーレイアスを落とした。ボーレイアスはコルサント侵攻の前哨基地として理想的な位置にあったからだ。だが、アクバー提督は、コルサントの防御用エネルギー・シールドには軌道からの爆撃が通用しないことを知っていた。攻撃の前に、コルサントのシールドを無効にしておかなければならなかった。

アンティリーズとローグ中隊は、コルサントのシールド発生機を停止させるために、インペリアル・シティに潜入した。

また、コルサントを混乱に陥れるために、銀河で最も凶悪な犯罪者一六人が、ケッセルのスパイス鉱山からコルサントに送り込まれた。新共和国らしからぬこの決定に対して、評議会の多くのメンバーが反対した。後に反対意見のほうが正しかったことが証明された。自由の身になった犯罪者たちはイウル・アシブのもとで消滅した犯罪組織ブラック・サンを復活させ、後に新共和国を悩ませることになった。

ローグ中隊の隊員たちは、大量の水蒸気を発生させて凄まじい嵐を起こし、コルサントのシールドを落雷で停止させるという賭けに出た。ローグ中隊は、コルサントの軌道上にあるソーラー・ミラーを遠隔操作で動かすために、巨大な建設《コンストラクション》ドロイドを奪って司令塔へと突入した。正確に焦点を合わされたミラーから発された光線は、インペリアル・シティの人工貯水池のひとつを一瞬で蒸発させた。蒸気の雲は荒れ狂う雷雲となり、シールドは停止した。

無防備状態になったコルサント星系に、アクバーは全艦隊を率いて突入した。イセイン・アイサードは首都防衛用のスター・デストロイヤーを少ししか配備していなかったので、熾烈ではあったが戦いは意外と簡単に終わった。アクバーはすべての抵抗勢力を一掃し、ついにコルサントは新共和国の手に落ちた。

クライトス・ウイルス　7～7.5ABY

新共和国がインペリアル・パレスを掌握したときには、アイサードの姿は消えていた。最悪なことに、彼女が残していったものは、アイサードのチーフ科学者エヴィール・デリコートが作り上げたクライトス・ウイルスに汚染された病気と死の世界だった。

クライトス・ウイルスに感染すると、健康な肉体を数日で血の海に変えてしまうのだ。アイサードは反乱軍が到着する直前に、コルサントの貯水池にウイルスを撒き散らしていたため、すでに大

新共和国のコルサント奪還作戦

勢の市民がウイルスに感染していた。デリコートの作り上げたクライトス・ウイルスは、サラスタンやガモーリアンなどの非人間種だけにしか感染しないように調整されていた。コルサントのウイルスが人間に感染しないという事実は、新共和国に参加する種族間に不調和を生じさせた。

新共和国の勝利はクライトス・ウイルスのせいで色あせ、新政府はまるで無能で無力にも見えた。コルサント市民を統治することは、もはや不可能になりつつあった。感染者の治療のために大量のバクタを買わなければならなくなったモン・モスマは、さらにワクチン研究のために多額の出費を強いられた。破産寸前の政府に、そんな金はなかった。

この難しい局面のなか、大衆の関心は別の出来事のほうに向いていた。タイコ・ソークーの裁判だ。コルサント解放直後、ローグ中隊のメンバーのソークーは、背信と後輩パイロットのコラン・ホーン殺害容疑で逮捕された。この事件の検察官は、ソークーは帝国の〈ルサンキア〉刑務所投獄中に洗脳された帝国の工作員だと主張した。

だが、ソークーの無実とコラン・ホーンの生存という衝撃的真実が明らかになった。ホーンは、ひそかにアイサードに捕らえられて〈ルサンキア〉に投獄され、拷問と洗脳を受けつづけていた。彼の慰めは、囚人仲間たちとの会話だけだった。囚人の中に、七年前のヤヴィン4撤退時に捕らえられた有名な同盟軍の指導者ジャン・ドドンナがいた。

ホーンの脱出によって、アイサードは隠れ家を捨てざるをえなくなった。インペリアル・シティ上空で航行任務に就いていたローグ中隊のメンバーは、マナライ山脈から緊急呼び出しを受けた。

アンティリーズと中隊は、地下から巨大なスーパー・スター・デストロイヤー〈ルサンキア〉が家並みや商業施設を吹き飛ばしながら地表に浮上してくるのを見た。必死に停止させようとするローグ中隊の努力もむなしく、〈ルサンキア〉はインペリアル・シティの中心部に大穴を開けて、何百万人もの市民の命を奪った。イセイン・アイサードは、部隊と多くの囚人たちを連れたまま、ハイパースペースへと消えていった。

コラン・ホーンの生還によって、ソークーの殺人罪は晴れた。ホーンの生い立ちについて調査したルーク・スカイウォーカーは、このパイロットが何十年か前にダーク・ジェダイに殺された偉大なジェダイ、ネジャー・ハルシオンの孫であることを知った。ホーンは、ジェダイの訓練を受けるようにというスカイウォーカーの申し出を断ったが、何年か後にその考えを変えることとなる。

新共和国の科学者たちは、クライトス・ウイルスの特効薬として、バクタにライル・スパイスの稀少な最高級品種コールを混ぜたものを開発した。コルサントの異星人種たちに接種されたこのリルカというワクチンは、多くの命を救った。目前の脅威はなくなったものの、異星人種間の疑念による険悪なムードはしばらくの間続いていた。

バクタ大戦　7.5 ABY

〈ルサンキア〉に乗ってコルサントを離れたイセイン・アイサードは、権力基盤を保持するために素早い行動をとった。バクタを製造している惑星タイフェラで、クーデターに加担した彼女は、勝利を収めた派閥によって国家元首に選ばれた。新共和国はこの事態を快く思っていなかったが、正当に選出された惑星の指導者を排除するのは、彼らの主義に反することだった。タイフェラ政府がアイサードと対立するのを拒んだため、ウェッジ・アンティリーズとローグ中隊は新共和国艦隊を除隊した。命令に従う義務のない民間人になれば、アイサードに立ち向かうのは彼らの自由であった。

だが、バクタの惑星は四隻の主要艦艇に守られていた。〈ルサンキア〉と二隻のインペリアル・スター・デストロイヤー、一隻のヴィクトリー・スター・デストロイヤーだ。直接的な全面攻撃は、あまりにも危険度の高い自殺行為だった。アンティリーズは、サコーリアン吸血バエのようにせわしなく飛び回り、アイサードをチクリと刺しては反撃される前に安全な場所へと撤退した。ローグたちは、ヤグデュル近くの廃棄された宇宙ステーションを使い、密輸業者のブースター・テリックをステーションの管理者として雇った。テリックは、密輸業者の中心的人物タロン・カードから武器を手に入れた。こうしてローグ中隊は、アイサードのバクタ輸送部隊を悩ませる存在となった。

ローグ中隊はオルデランの墓場の近くで主要艦一隻を破壊し、もう一隻の艦長も自艦とともに亡命することを決意した。防衛力の半分を突然失ったアイサードは、〈ルサンキア〉と残ったスター・デストロイヤーに、ヤグデュル宇宙ステーションを木っ端微塵に爆破するよう命じた。

アンティリーズとローグ中隊のメンバーは、時を逃さず無防備状態のタイフェラを攻撃するためハイパースペースにジャンプした。ヤグデュルでは〈ルサンキア〉が射程距離に近づいていた。だが突然、宇宙ステーションはスーパー・スター・デストロイヤーに向けて三〇〇発以上のプロトン魚雷の照準を定めた。これだけの一斉爆撃にあってはどんなシールドもひとたまりもない。〈ルサンキア〉はタイフェラに撤退し、残ったスター・デストロイヤーは降伏した。

すべてはアンティリーズの歴史に残るはったりだった。ヤグデュル宇宙ステーションには、魚雷など一発もなく、三〇〇の発射装置があるだけだったのだ。魚雷が搭載されていたのは、貨物船の部隊とタイフェラに向かったXウイングだけだった。

バクタの惑星では、ローグ中隊とハイパースペースから現れた〈ルサンキア〉との間で激しい戦闘が始まった。八〇発以上のプロトン魚雷を撃ち込まれたスーパー・スター・デストロイヤーは、シールドを破壊され横腹に穴を開けられた。ブースター・テリックが指揮をとる新たに入手したスター・デストロイヤーが参戦すると、損傷を受けた〈ルサンキア〉は降伏した。〈ルサンキア〉は大掛かりな修理のため、秘密の造船所に牽引《けんいん》されていった。

残念なことに、ジャン・ドドンナやその他の帝国の囚人たちは、数週間前に〈ルサンキア〉から降ろされ、他の場所に移動させられていた。彼らを救出する機会は当分来なかった。

敗北を悟ったイセイン・アイサードは、タイフェラからの脱出を図った。ハイパースペースにジャンプしようとした彼女のシャトルは破壊され、アイサードは死んだものと思われていた。しかし、これは自分の行方をくらませるためにアイサードが仕組んだことだった。この後、数年をかけて態勢を立て直した彼女は、スローンの事件のころに再び新共和国を悩ませることになった。

アンティリーズとローグ中隊は、英雄として迎え入れられた。ブースター・テリックは新共和国情報部を説き伏せて、入手したスター・デストロイヤーの所有権を確保し、〈エラント・ヴェンチャー〉と改名した。艦は、さまざまな取り引きを行なう有名な移動交易市場となった。

バクタ大戦の後、新共和国は防御の甘い燃料供給施設から一隻のスター・デストロイヤー〈タイラント〉を拿捕した。この艦はダース・ヴェイダーのデス小艦隊に所属していたことがあり、ホスのエコー基地攻撃に参戦していた。その感慨を込めて、レイア・オーガナ評議員は、艦名を〈レベル・ドリーム〉と改称して彼女の旗艦とした。

隠れ家から脱出するスーパー・スター・デストロイヤー〈ルサンキア〉

ズンジ探索　7.5～8ABY

コルサントを支配下に置くことが銀河市民戦争を収める鍵になるという新共和国の考えは正しかった。首都惑星がアイサードの支配下から脱すると、将校たちの信頼を失った帝国の分裂はさらに深刻になっていった。アイサードにとって代わったモフと帝国顧問たちはすぐに権力を失い、ズンジのような大将軍《ウォーロード》たちが権力を持つようになった。

アイサード失脚の後、多くの将校や艦艇、惑星を支配したズンジ大将軍が、帝国軍最強の大将軍になった。彼は、大胆にも新共和国と弱体化したかつての帝国の同僚たちの二大勢力を敵に回した。彼は、艦隊に匹敵する威力を持つ強力なスーパー・スター・デストロイヤー〈アイアン・フィスト〉を所有していた。ズンジの支配領域の解放を最優先に考えた新共和国は、この大将軍《ウォーロード》を捕らえるための機動部隊をハン・ソロ将軍の指揮下に召集した。機動部隊は任務遂行のため、バクタ大戦の直前に出発した。

モン・カラマリの旗艦〈モン・レモンダ〉でズンジの支配領域の境界を探索していたソロは、大将軍が自分に従わない星に行なった恐ろしい行為を目撃した。ソロは、伝説的なローグ中隊を含む精鋭部隊の援軍を新共和国に要請したが、別のXウィング・パイロット中隊がズンジ大将軍を打倒する鍵となった。

新共和国軍隊に復帰したアンティリーズ中佐は、〈モン・レモンダ〉の任務には参加しなかった。彼は、狙撃や諜報《ちょうほう》、潜入活動を得意とする新たなパイロット部隊、レイス中隊を創設したのだ。まもなく、ズンジが所有するコレリアン・コルヴェットを拿捕した彼らは、その艦の乗員を装った。ズンジの艦隊への潜入に成功した彼らは、コーポレート・セクターのエッションに仕掛けられた新共和国を待ち伏せる攻撃計画を知った。新共和国は、エッションの戦いでズンジのスター・デストロイヤー一隻と主要製造工場を破壊し、勝利をものにした。

拿捕したコルヴェット艦で同じ手を使うわけにはいかず、レイス中隊の奇襲部隊は戦術を変えた。傭兵たちで構成されたズンジのいい加減な組織に潜入するために、彼らは海賊を装った。ズンジはクワット星系にある巨大造船施設を攻撃するために、彼らを傭兵として雇った。クワット・ドライブ・ヤード社はまだ帝国と手を結んでいて、新しいスーパー・スター・デストロイヤーが完成間近だった。ズンジはこの巨大なデストロイヤーを盗み出して、〈アイアン・フィスト〉とともに敵を叩く双璧にしようともくろんでいた。ズンジの計画を頓挫させるために、新共和国の工作員が新しいスター・デストロイヤーの上部のふたつのシールド発生ドームを破壊し、ソロと〈モン・レモンダ〉が無防備になった船体を吹き飛ばしたが、〈アイアン・フィスト〉はハイパースペースへと去っていった。

〈モン・レモンダ〉の修理のために、しばし足止めを食っていたソロはズンジの追跡に戻った。だが大将軍はさらに卑劣な策略を練っていた。ズンジのお気に入りの科学者たちが、穏やかな市民を恐ろしい殺人鬼に変える急速洗脳方法を開発したのだ。この技術は、トワイレックやゴウタル、サラスタンなどの特定の種族だけに効果を発揮するように作られていた。それは、イセイン・アイサードの異星人種にのみ感染するクライトス・ウイルスにも似ていた。ズンジは、多く異星人種が人間に対して持っていた疑惑や敵意を利用したのだった。

ズンジの組織内で〝地雷原作戦《マインフィールド》〟と呼ばれたこの企みによって、何百人もの高官が殺害された。洗脳されたトワイレックにアクバーが殺されかけていたころ、モン・モスマは忠実な護衛のゴウタルに突然襲われたが、危ういところでこの護衛は殺された。〈モン・レモンダ〉では、トワイレックのAウイング・パイロットがブリッジのビューポートを撃ち、急激な減圧でソロが命を落とすところだった。幸運にも、新共和国情報部が襲撃パターンの解明に成功したため、重大な損害を被る前に地雷原《マインフィールド》作戦は終結した。

新共和国は、ズンジを倒すために帝国と前例のない緩やかな協力同盟を結んだ。帝国軍艦隊は、ログリス提督が率いる反ズンジ機動部隊があった。ログリスの旗艦に乗船した新共和国の代表は彼と秘密の会談を行ない、不安要素は残ったものの両者は合意に達した。ズンジの組織に関する情報データを、無条件で交換するというものだった。帝国も新共和国も、ズンジを共通の敵と見なして

ズンジ大将軍

いたのだった。

作戦の長期化となかなか勝利を収められないことに不満を募らせていったソロは、ズンジをおびき出して戦うために、一連の罠を仕掛けることを許可した。大将軍は、戦いを自分とソロの間の個人対決だと捉えていた。ソロは〈ミレニアム・ファルコン〉の偽物を作らせて、ズンジの領域の奥深くへと送り込んだ。この船には爆薬が仕掛けられていて、敵のドレッドノート一隻を倒した。

だが、ズンジは罠に掛からなかった。帝国と新共和国の協力体制が、彼の王国統治を難しくしていることに気づき、生き残るための戦略を立てた。敵が〈アイアン・フィスト〉の破壊に執着していると見たズンジは、彼らに願望を果たしたと錯覚させることにした。クワットで破壊されたスーパー・スター・デストロイヤーの破片をすべて集めてきた彼の工作員たちは、骨組みの材料や船体プレートを寄せ集めてひとつに組み上げた。このにわか仕立ての艦艇の船首に〈アイアン・フィスト〉と書き込んで、大将軍の指令を待った。

ソロとログリスは、ヴァハバ小惑星帯における攻撃で協力し合い、本物の〈アイアン・フィスト〉に大きな損傷を与えた。〈アイアン・フィスト〉は隣のセラッギス星系へとジャンプした。ソロはズンジを跡形もなく葬るために全艦隊を率いて後を追った。〈モン・レモンダ〉が射程距離まで近づくと、破損した〈アイアン・フィスト〉は何もない黒い立方体の中へと消えた。

ズンジ大将軍は、すべての可視光線を吸収してしまう人工衛星の一群オービタル・ナイトクロークを持っていた。箱形に設置されたナイトクロークによって、敵のセンサーが感知することのできない小さな隠れ場所を作った。すでにナイトクロークの中にあった偽のスター・デストロイヤーを、ズンジは爆破した。そのとき、〈アイアン・フィスト〉はハイパースペースへとジャンプした。

ナイトクロークが崩壊し、ソロが目にしたものは〈アイアン・フィスト〉とはっきり書かれたスーパー・スター・デストロイヤーの残骸だった。ズンジの艦隊が修復不能になったと確信したソロは、コルサントへと凱旋《がいせん》していった。

ヘイピーズとダソミアのナイトシスター　8ABY

ハン・ソロ将軍と〈モン・レモンダ〉はコルサントに戻った。厳しい五か月にわたる軍事行動で、機動部隊の全員が疲れ果てていた。ソロは乗員に休息を与えることにしていた。首都惑星に到着すると、驚いたことに何十もの円盤状のバトル・ドラゴンが軌道上に浮かんでいた。神秘的なヘイピーズの表敬訪問だった。

ヘイピーズ・コンソーティアムについての記述は、どれも最高の賛辞ばかりだった。この社会は周辺の宇宙において、最も強力で裕福でもあり、文化も進んでいたがどこかよそよそしい政治連合だった。三千年前、ヘイパンのクイーン・マザーは星団の中境を封鎖した。そして霧の向こうでヘイピーズは孤立しながら、発展を遂げて非常に多くの富が蓄積されていた。

数か月前、レイア・オーガナ評議員はヘイパンを外交訪問して、クイーン・マザー・タア・チュームに新共和国との連合を考えるように進言していた。ヘイパンの表敬訪問艦隊がコルサントの周囲を回っている様子は壮観だった。閉鎖されたこの社会が、正式に外の世界と接触したのは数千年ぶりのことだった。

コルサントのグランド・レセプション・ホールでは、ヘイパンの代表団がレイア・オーガナ評議員への豪華な贈り物を数多く披露していた。その中には宙境の小競り合いで、ヘイピーズが奪い取ったインペリアル・スター・デストロイヤー群もあった。だが、最後の贈り物には全員が驚愕した。クイーン・マザーの息子で、後継者であるプリンス・イソルダーが、レイア・オーガナへの求婚者として自らを紹介したのだ。

数年の間ハン・ソロと恋愛関係にあったオーガナは衝撃を受けた。ふたつの政治派閥の間における結婚の価値を知っていたからだ。オルデランの由緒ある家庭で育った彼女は、常にそのような場面に出くわしていた。ヘイピーズの軍事力や富が銀河内乱を終わらせために非常に有益であることを知っているモン・モスマは、友人である彼女にイソルダーのプロポーズを受けるようにと勧めた。

だがソロ将軍は、彼女に向けられた好意に嫉妬の炎を燃やした。オーガナの愛情を取り戻そうと非常に危険なサバック・ゲームに挑んだ彼は、二四億クレジットの価値がある居住可能な惑星ダソミアを勝ち取った。ソロは、故郷を失ったオルデランの難民たちに居住地を提供しようとしたのだ。残念なことに、ダソミアはズンジの領域の奥深くにあった。賭けに負けたことに失望はしたがレイア・オーガナの心を取り戻すため、ソロは衝動的に将軍職を辞任し、忠実なチューバッカと狼狽するC-3POを尻目に、彼女を誘拐して逃亡してしまった。

〈ミレニアム・ファルコン〉は、青緑色の惑星ダソミアの近くでハイパースペースから離脱した。ソロは、その惑星軌道上の造船所で修理を受けているスーパー・スター・デストロイヤー〈アイアン・フィスト〉を見つけた。攻撃を受けた〈ミレニアム・ファルコン〉は、ダソミアの樹木に覆われた地表にかろうじてその船体を隠した。

徒歩で森を進んでいった彼らは、警戒中の歌う山の民の女性戦士にあっという間に捕まってしまった。彼女たちは、ジャバ・ザ・ハットが宮殿の床下で飼っていたペットと同種のランカーを飼い慣らし、乗りこなしていた。〝ダソミアの魔女〟と呼ばれる彼女たちは、〝魔法の呪文〟でフォースを使っていた。彼女たちは、六世紀以上前にこの惑星に追放された堕落ジェダイ・ナイトのアリヤの子孫たちだったのだ。

そのころ、ルーク・スカイウォーカーは、かつての偉大なジェダイ・オーダーの失われた秘密を求めて銀河を探し回っていた。彼はトゥーラで、ジェダイの訓練船〈チューンソア〉が難破したこととマスター・ヨーダがダソミアからその宇宙船を回収しようとしたことを記したデータ・カードを発見した。コルサントに戻ったスカイウォーカーは妹のレイア・オーガナが誘拐されたことを知

ヘイピーズのコルサントへの表敬訪問

った。彼はヘイピーズのプリンス・イソルダーと一緒に救出任務にあたることに合意して、ダソミアへと向かった。

ダソミアの圧倒的な生命エネルギーがフォースの力に不思議な拡大効果をもたらしていることに気づいたスカイウォーカーは、彼には不可能だった離れ業もできるようになった。錆《さ》びた〈チューンソアア〉の船体を発見した彼とイソルダーは、歌う山の民の美しい魔女テネニエル・ディヨと出会った。彼女は、彼らをソロとオーガナに再会させた。

だが、追放された魔女の部族ナイトシスターたちは、〈ミレニアム・ファルコン〉を手に入れようと歌う山の民を攻撃してきた。ナイトシスターたちは、ダークサイドのパワーを使い、八年前に皇帝に見捨てられた帝国軍の残党を奴隷として使っていた。ダソミアには帝国の刑務所施設があったが、ナイトシスターたちの存在を知った皇帝は、敵対するフォースの使い手たちが銀河に飛び出さないようにと、軌道爆撃によって施設にあった宇宙船をことごとく破壊してしまっていた。

なんとかしてこの惑星から脱出したがっていたナイトシスターたちは、囚人部隊を率いて歌う山の民の要塞に攻撃を仕掛けてきたのだった。

ズンジの死　8ABY

ズンジ大将軍は、ナイトシスターたちの存在と彼らの力を十分に知っていた。ナイトシスターたちの指導者ゲッゼリオンと交渉を持った彼は、最後通告を突き付けた。ゲッゼリオンがハン・ソロを捕らえて引き渡さなければ、セラッギスの戦いで使用した光吸収装置オービタル・ナイトクロークを作動させるというのだ。ダソミアの周りに配備されたナイトクロークが起動されれば、惑星は何日もしないうちに凍結した氷の世界になってしまうのだ。

歌う山の民に対するナイトシスターたちの攻撃が失敗したことを聞きつけたズンジは、ゲッゼリオンを従わせるためにナイトクロークを作動させた。真っ暗になった空と急激に低下していく気温のなか、抜け目のない魔女は代案を申し出た。ソロの引き渡しに同意したゲッゼリオンの要求は、滅びゆく惑星から脱出するための宇宙船を用意しろというものだった。ナイトシスターは、新共和国の領域の奥深くへと宇宙船を飛ばして、ズンジの逆襲への道を開くことに協力することを約束した。喜んだズンジは、ソロを輸送するための武装船とナイトシスターが好きに使える非武装船の二隻を送ることに同意した。

ズンジの二隻のシャトルが着床した帝国刑務所にハン・ソロが連れて来られると、突然裏切ったゲッゼリオンは、ズンジの長年の側近であるメルヴァー将軍もろとも帝国軍の護衛たち全員をフォースのエネルギーで打ち倒した。ほどなく到着した〈ミレニアム・ファルコン〉によってソロは救出されたが、ゲッゼリオンと追従者たちは装甲シャトルで逃亡した。ナイトシスターたちは、大気圏外で待ちかまえていたズンジの二隻のスター・デストロイヤーに行く手を阻まれた。十字砲火を浴びたシャトルは、灼熱の金属の残骸と化した。

ナイトシスターたちは消え去ったが、ズンジの艦隊はダソミアを包囲したままだった。〈ミレニアム・ファルコン〉がオービタル・ナイトクロークを破壊したころ、〈アイアン・フィスト〉と何十という小型のズンジの戦艦を攻撃するために、ヘイピーズ・コンソーティアムの全艦隊が到着した。この混乱のなか、〈ミレニアム・ファルコン〉で〈アイアン・フィスト〉のブリッジをかすめ飛んだソロは、至近距離から二発の震動《コンカッション》ミサイルを放った。ズンジ大将軍は一瞬にして蒸発して、ダソミアの戦いは終わった。

その後、ダソミアの魔女の部族たちをひとつにまとめた歌う山の民のマザー・アウグィンは、新共和国の一員となる申請を行なった。ルーク・スカイウォーカーは、〈チューンソア〉から引き上げられた記録ディスクが詰まった箱を手渡された。これは後にジェダイ・アカデミーを設立するときに貴重な価値をもたらすこととなる。

ヘイピーズのチュメーダ、プリンス・イソルダー

歌う山の民のテネニエル・ディヨとの情熱的な恋に落ちたヘイピーズのプリンス・イソルダーは、クイーン・マザー・タア・チュームを激怒させた。にもかかわらず、ほどなくディヨと結婚したイソルダーは、彼女をヘイピーズ・コンソーティアムの王位継承者とした。イソルダーとディヨの間には、すぐに、非常に強いフォースの持ち主テネル・カーという娘が生まれた。

ダソミアの冒険のおかげでハン・ソロとレイア・オーガナはいっそう親しくなり、コルサントに戻って結婚することを決めた。誘拐という非常識な行動を起こしたソロを、新共和国の市民は快く許した。というのも、毎日のニュース番組におもしろい話題を提供した功績が大きかったからだ。オーガナに告訴する気がなかったので、新共和国閣内評議会もソロを咎めずに、この出来事を保安上の理由からうやむやにした。

コルサントにあるオルデランの領事館で執り行なわれた結婚式には、多くの友人と高官たちが出席し、銀河中に配信されたホロヴィドを何十億人もの人々が見守った。数週にわたって、繰り返し放送された結婚式は好意的に受け取られた。

ハン・ソロとレイア・オーガナの結婚式

混沌の収拾

8.5 ABY

　ダソミアの出来事の後、プリンス・イソルダーは新共和国に加わることを誓ったが、ヘイパン王室と惑星の有力者たちは心よく思っていなかった。クイーン・マザー・タア・チュームにとっては惑星内の安定が第一だった。ヘイピーズは、〝適当な時期〟にはバトル・ドラゴン全軍の派遣を約束した。だが、モン・モスマが望んだような戦略的同盟は具体化しなかった。

　ズンジ大将軍の突然の失墜によって、帝国軍艦隊は活気づいた。アイサードに取って代わった顧問団は猛烈に行動した。目的は達成され、ログレス提督と他の艦隊司令官たちは新たに開放された領域を手中に収める活動を開始した。新共和国との見せかけの協力関係は破棄された。

　ヘイパンの出来事で新共和国が受けた恩恵は、コルサントのレセプションでレイア・オーガナに贈られた数隻のスター・デストロイヤーを新たに取得したことだった。ヘイパンが戦いに直接参加しなかったことでこれらの戦艦と、新共和国がいままでに拿捕したスター・デストロイヤーが、艦隊に組み込まれた。これは、アウター・リムにおけるズンジの帝国の残滓をめぐる戦いでは、アクバー提督率いる新共和国軍にとって頼もしい戦力となった。

アクバーとログレスは、高位提督《ハイ・アドミラル》を勝手に自称するテラドク率いる第三勢力と直接衝突した。新共和国のスター・デストロイヤーは最悪の戦いに突入し、矢面に立ったほとんどのヘイピーズ艦とスター・デストロイヤー〈クライニッド〉は破壊された。深刻な損害を被った〈エマンシペーター〉と〈リベレーター〉は、大掛かりな修理をするためにハスト造船所に戻された。ストーリナルの戦いで、スター・デストロイヤー〈ペレンプトリー〉に容赦なく砲撃されたプリンセス・レイアの旗艦〈レベル・ドリーム〉は、帝国に再び奪い返された。三万七千人の乗員が囚人として捕らえられた。この出来事が起きたとき、オーガナ・ソロはコルサントにいた。

攻撃を受けるたびに新共和国は、帝国に対して三倍のお返しをした。ログレス提督は、兵の大半を失った。新共和国はついにクワットを手に入れて星系内にある比類なき造船ドックを獲得したが、造船所の損害は甚大で新たに船を作れる状態ではなかった。残念なことに、クワット・ドライブ・ヤードの設計チームは、未完成の戦艦〈エクリプス〉に乗ってディープ・コアへと逃れてしまった。深手を負ったログレスは撤退した。奇襲戦法を使うハエのようにうるさいテラドクは、自分の領域へと戻っていった。アクバー提督は、新たに得たものを整備し、銀河の四分の三を支配下に置いた新共和国は安定化した。過酷な戦いで、新共和国と帝国は多くの艦隊を失った。新たな戦艦の建造と獲得が双方にとっての最優先課題となっていた。


（下巻につづく）

PART X　新世代のジェダイ・ナイト

22 ABY

金色の球体とケノービのライトセーバー

『Junior Jedi Knights #1: The Golden Globe (ジュニア・ジェダイ・ナイト[1]：黄金の球体)』
『Junior Jedi Knights #2: Lyric's World (ジュニア・ジェダイ・ナイト[2]：歌詠みの星)』
『Junior Jedi Knights #3: Promises (ジュニア・ジェダイ・ナイト[3]：約束)』
『Junior Jedi Knights #4: Anakin's Quest (ジュニア・ジェダイ・ナイト[4]：アナキンの探究)』
『Junior Jedi Knights #5: Vader's Fortress (ジュニア・ジェダイ・ナイト[5]：ヴェイダーの要塞)』
『Junior Jedi Knights #6: Kenobi's Blade (ジュニア・ジェダイ・ナイト[6]：ケノービのライトセーバー)』

23 ABY

シャドウ・アカデミーと第二帝政

『Young Jedi Knights: Heirs of the Force (ヤング・ジェダイ・ナイト：フォースを継ぐ者)』
『Young Jedi Knights: Shadow Academy (ヤング・ジェダイ・ナイト：シャドウ・アカデミー)』
『Young Jedi Knights: The Lost Ones (ヤング・ジェダイ・ナイト：失われし者たち)』
『Young Jedi Knights: Lightsabers (ヤング・ジェダイ・ナイト：ライトセーバーズ)』
『Young Jedi Knights: Darkest Knight (ヤング・ジェダイ・ナイト：ダーケスト・ナイト)』
『Young Jedi Knights: Jedi Under Siege (ヤング・ジェダイ・ナイト：包囲されたジェダイ)』

23-24 ABY

大同盟

『Young Jedi Knights: Shards of Alderaan (ヤング・ジェダイ・ナイト：オルデランのかけら)』
『Young Jedi Knights: Diversity Alliance (ヤング・ジェダイ・ナイト：大同盟)』
『Young Jedi Knights: Delusions of Grandeur (ヤング・ジェダイ・ナイト：壮大な妄想)』
『Young Jedi Knights: Jedi Bounty (ヤング・ジェダイ・ナイト：ジェダイの賞金)』
『Young Jedi Knights: The Emperor's Plague (ヤング・ジェダイ・ナイト：皇帝の疫病)』

24 ABY

ブラック・サンの再起

『Young Jedi Knights: Return to Ord Mantell (ヤング・ジェダイ・ナイト：オード・マンテル再訪)』
『Young Jedi Knights: Trouble on Cloud City (ヤング・ジェダイ・ナイト：クラウド・シティ事件)』
『Young Jedi Knights: Crisis at Crystal Reef (ヤング・ジェダイ・ナイト：クリスタル・リーフの危機)』

＊タイムラインは巻末から逆にお読みください。

『X-Wing: Starfighters of Adumar（アダマーのスターファイター）』
疫病デス・シード
『Planet of Twilight【黄昏の惑星】』
『The Leviathan of Corbos（コルボスのリヴァイアサン）』 コミック #1-4

PART VIII 反乱と暴動

14 ABY

帝国再生運動

『The Crystal Star【クリスタル・スター】』

16-17 ABY

ブラック・フリート危機

『Before the Storm【嵐の予兆】』 ブラック・フリート・クライシス3部作［1］
『Shield of Lies【偽りの盾】』 ブラック・フリート・クライシス3部作［2］
『Tyrant's Test【暴君の試練】』 ブラック・フリート・クライシス3部作［3］
マスター・スカイウォーカーとファラナッシ
テルジコン放浪船

17 ABY

アルメニアの反乱

『The New Rebellion【新反乱軍】』
スマグラーズ・ラン

17-18 ABY

帝国の小競り合い

18 ABY

コレリアの暴動
『Ambush at Corellia【コレリアの反乱】』 コレリアン3部作［1］
『Assault at Selonia【セロニア奇襲作戦】』 コレリアン3部作［2］
『Showdown at Centerpoint【決戦センターポイント】』 コレリアン3部作［3］

PART IX 永続する平和

19 ABY

カーマス・ドキュメント
『Specter of the Past【過去の亡霊】』
『Vision of the Future【未来への展望】』
スローンの手

『Boba Fett: Death, Lies, and Treachery【ボバ・フェット】』 コミック #1-3
シャドウ・ハンド作戦
『Dark Empire II【ダーク・エンパイア2】』 コミック #1-6
11 ABY
パルパティーンの敗北
『Empire's End（帝国の終焉）』 コミック #1-2
ジャックス、ケイノス、暫定評議会
『Crimson Empire（クリムゾン・エンパイア）』 コミック #0, 1-6
『Crimson Empire II（クリムゾン・エンパイア2）』 コミック #1-6

PART VII　ジェダイ騎士団の復活

11 ABY
スカイウォーカーのジェダイ・アカデミー
『Jedi Search【ジェダイの末裔】』 ジェダイ・アカデミー3部作[1]
『Dark Apprentice【暗黒卿の復活】』 ジェダイ・アカデミー3部作[2]
『Champions of the Force【フォースの覇者】』 ジェダイ・アカデミー3部作[3]
『I, Jedi（我はジェダイ）』
モー研究所
政治紛争
エグザ・キューンの復讐
モー研究所徴発
12 ABY
皇帝の手とセネックス卿
<アイ・オブ・パルパティーン>
『Children of the Jedi【ジェダイの遺児】』
ダークセーバーの脅威
『Darksaber【ダークセーバー】』
ハットの計画
ダーラ提督の復帰
ダーガの愚行
ヤヴィン4急襲
12-13 ABY
帝国の再編
13 ABY
アダマーへの任務

7-7.5 ABY

クライトス・ウイルス

『X-Wing: The Krytos Trap【クライトスの罠】』

7.5 ABY

バクタ大戦

『X-Wing: The Bacta War【バクタ大戦】』

7.5-8 ABY

ズンジ探索

『X-Wing: Wraith Squadron（レイス中隊）』

『X-Wing: Iron Fist（アイアン・フィスト）』

『X-Wing: Solo Command（ソロの指令）』

8 ABY

ヘイピーズとダソミアのナイトシスター

『The Courtship of Princess Leia【レイアへの求婚】』

ズンジの死

8.5 ABY

混沌の収拾

PART VI　帝国の復興

9 ABY

スローン大提督の侵略

『Heir to the Empire【帝国の後継者】』スローン3部作[1]　小説／コミック #1-6

『Dark Force Rising【暗黒の艦隊】』スローン3部作[2]　小説／コミック #1-6

『The Last Command【最後の指令】』スローン3部作[3]　小説／コミック #T-6

タロン・カードと密輸業者

ノーグリの翻心

カタナ艦隊とクローン兵士

スローンの敗北

9-10 ABY

アイサードの復活

『X-Wing: Isard's Revenge（アイサードの復讐）』

10 ABY

皇帝パルパティーンの再生

『Dark Empire【ダーク・エンパイア1】』コミック#1-6

『Mysteries of the Sith【ミステリー・オブ・ザ・シス】』コンピューター・ゲーム

『Marvel Star Wars（マーヴル版スター・ウォーズ）』コミック #81-107
『Classic Star Wars: The Vandelhelm Mission（クラシック・スター・ウォーズ：ヴァンデルヘルム・ミッション）』コミック

4-5 ABY

シ＝ルウク・スペースへの侵攻

PART V　新共和国の誕生

4-4.5 ABY

帝国の分裂

『X-Wing（Xウイング）』コミック #1-20

ブラック・ネヴュラ

『Mara Jade: By the Emperor's Hand（皇帝の手マラ・ジェイド）』コミック #0, 1-6
『Shadows of the Empire: Evolution（帝国の影：進展）』コミック #1-5

アイサードの台頭

『X-Wing（Xウイング）』コミック #21-35
『Boba Fett: Twin Engines of Destruction（ボバ・フェット：破壊のツイン・エンジン）』コミック
『The Glove of Darth Vader【帝国の復活】』
『The Lost City【ジェダイの遺産】』
『Zorba the Hutt's Revenge【ゾルバの復讐】』
『Mission from Mount Yoda【運命の惑星】』
『Queen of the Empire【帝国の女王】』
『Prophets of the Dark Side【暗黒の預言者】』

5-5.5 ABY

スカイウォーカー将軍

『Jedi Knight【ダーク・フォースII：ジェダイ・ナイト】』コンピューター・ゲーム
『Dark Force: Rebel Agent（ダーク・フォース：反乱軍工作員）』グラフィック・ストーリー・アルバム
『Dark Force: Jedi Knight（ダーク・フォース：ジェダイ・ナイト）』グラフィック・ストーリー・アルバム

6 ABY

最後の大提督

6.5-7 ABY

コルサントの戦い

『X-Wing: Rogue Squadron【新生ローグ中隊】』
『X-Wing: Wedge's Gamble【首都奪回への賭け】』

2-3 ABY

氷の隠れ家

『Classic Star Wars（クラシック・スター・ウォーズ）』新聞連載コミック／コミック#17-20

『Rebel Mission to Ord Mantell（オード・マンテルの反乱軍作戦）』オーディオ・アドベンチャー

失われた光

『Star Wars Episode V: The Empire Strikes Back【スター・ウォーズ エピソード5 帝国の逆襲】』

映画／シナリオ／小説／ジュニア小説／コミック／ラジオドラマ

『Tales of the Bounty Hunters（バウンティ・ハンター物語）』短編小説集

『TIE Fighter【TIEファイター】』コンピューター・ゲーム

『Rebel Assalut II: The Hidden Empire【レベル・アサルトII】』コンピューター・ゲーム

『Marvel Star Wars（マーヴル版スター・ウォーズ）』コミック #39-80

3 ABY

ホスの戦い

新たなるジェダイ

3.5 ABY

プリンス・シゾールとブラック・サン

『Shadows of the Empire【シャドウズ・オブ・ジ・エンパイア［帝国の影］】』

小説／ジュニア小説

『Shadows of the Empire【シャドウズ・オブ・ジ・エンパイア［帝国の影］】』コミック #1-6

『Shadows of the Empire【帝国の影】』コンピューター・ゲーム

『Battle of the Bounty Hunters（バウンティ・ハンターたちの戦い）』ポップアップ・コミック

『X-Wing Alliance（Xウイング同盟）』コンピューター・ゲーム

4 ABY

同盟軍の勝利

『Star Wars Episode VI: Return of the Jedi【スター・ウォーズ エピソード6 ジェダイの復讐】』

映画／シナリオ／小説／ジュニア小説／コミック／ラジオドラマ

『Tales from Jabba's Palace（ジャバ宮殿物語）』短編小説集

『The Mandalorian Armor（マンダロアの装甲服）』バウンティ・ハンター戦争3部作［1］

『Slave Ship（スレーブ・シップ）』バウンティ・ハンター戦争3部作［2］

『Hard Merchandise（過酷な取り引き）』バウンティ・ハンター戦争3部作［3］

『The Jabba Tape（ジャバの遺言テープ）』コミック

反乱軍の再編成

エンドアの戦い

バクラの休戦

『The Truce at Bakura【バクラの休戦】』

『Star Wars Episode IV: A New Hope【スター・ウォーズ エピソード4 新たなる希望】』
映画／シナリオ／小説／ジュニア小説／コミック／ラジオドラマ
『Tales from the Mos Eisley Cantina（モス・アイズリー・カンティーナ物語）』短編小説集

0-0.5 ABY

衝撃と結末

『Vader's Quest（ヴェイダーの探求）』コミック #1-4
『Boba Fett: Salvage（ボバ・フェット：サルベージ）』コミック #1/2
『The Bounty Hunter Wars trilogy（バウンティ・ハンター戦争3部作）』の回想部分

反乱の罠

『Classic Star Wars（クラシック・スター・ウォーズ）』新聞連載コミック／コミック #1-17
『Shadow Stalker（シャドウ・ストーカー）』コミック
『Marvel Star Wars（マーヴル版スター・ウォーズ）』コミック #1-38

0.5-2 ABY

帝国軍の反撃

『Galaxy of Fear #1: Eaten Alive（恐怖の銀河#1：悪魔のいけにえ）』

『Galaxy of Fear #2: City of the Dead（恐怖の銀河#2：死の街）』

『Galaxy of Fear #3: Planet Plague（恐怖の銀河#3：惑星規模の疫病）』

『Galaxy of Fear #4: The Nightmare Machine（恐怖の銀河#4：悪夢の機械）』

『Galaxy of Fear #5: Ghost of the Jedi（恐怖の銀河#5：ジェダイの幽霊）』

『Galaxy of Fear #6: Army of Terror（恐怖の銀河#6：恐怖の軍隊）』

『Galaxy of Fear #7: The Braion Spiders（恐怖の銀河#7：ブレイオン・スパイダース）』

『Galaxy of Fear #8: The Swarm（恐怖の銀河#8：スウォーム）』

『Galaxy of Fear #9: Spore（恐怖の銀河#9：胞子）』

『Galaxy of Fear #10: Doomsday Ship（恐怖の銀河#10：ドゥームズデイ・シップ）』

『Galaxy of Fear #11: Clones（恐怖の銀河#11：クローン）』

『Galaxy of Fear #12: The Hunger（恐怖の銀河#12：ハンガー）』

『Dark Forces【ダークフォース】』コンピューター・ゲーム
『Rogue Squadron【突撃！ローグ中隊】』コンピューター・ゲーム
『River of Chaos（混沌の川）』コミック #1-4
『Classic Star Wars: The Early Adventures（クラシック・スター・ウォーズ：初期の冒険）』

新聞連載コミック／コミック #1-9

2 ABY

サーカパス、反乱運動に参加

『Splinter of the Mind's Eye【侵略の惑星】』小説／コミック #1-4

3 BBY

ナー・シャッダの戦い

再びオセオンへ

『Lando Calrissian and the Flamewind of Oseon（ランド・カルリジアンとオセオンの風炎）』

勝者の運、敗者の運

3-2.5 BBY

ソンボカを救え

『Lando Calrissian and the Starcave of ThonBoka（ランド・カルリジアンとソンボカの星洞）』

2-1 BBY

コーポレート・セクター・ブルース

『Han Solo at Stars'End（スターズ・エンドのハン・ソロ）』小説／コミック #1-3

『Han Solo's Revenge（ハン・ソロの復讐）』小説

2.5-0 BBY

起業家精神

1-0 BBY

タイオンの荒廃

『Han Solo and the Lost Legacy（ハン・ソロと失われた遺産）』

0 BBY（ヤヴィンの戦いの数か月前）

再びイリーシアへ

『Rebel Dawn【反乱の夜明け】』ハン・ソロ3部作[3]

（ヤヴィンの戦い直前）

“最後のスパイス・ラン”

0-3 ABY

タナブの英雄

PART IV　帝国への反乱

反乱軍始動

3-0 BBY

デス・スター建造

『Dark Forces: Soldier for the Empire（ダーク・フォース：帝国の兵士）』

グラフィック・ストーリー・アルバム

0 BBY

戦いへの序曲

プリンセス・レイア収監

新たなる希望

PART II　帝国と新秩序

32 BBY

『Star Wars: Episode I: The Phantom Menace【スター・ウォーズ　エピソード1　ファントム・メナス】』
映画／シナリオ／小説／ジュニア小説／コミック

約58-18 BBY

帝国の誕生

『Star Wars Episode II【スター・ウォーズ　エピソード2　クローンの攻撃】』
『Star Wars Episode III【スター・ウォーズ　エピソード3】』

約18-0 BBY

異議の兆し

『Droids【ドロイドの大冒険】』テレビ・アニメ
『Droids: The Kalarba Adventures（ドロイド：カラーバの冒険）』コミック・コレクション
『Droids: Rebellion and Season of Revolt（ドロイド：反乱と暴動の時期）』コミック #1-8
『The Protocol Offensive（儀礼的攻勢）』コミック
『Jabba the Hutt: The Art of the Deal（ジャバ・ザ・ハット：取り引きの手管）』コミック #1-4
『Bobba Fett: Enemy of the Empire（ボバ・フェット：帝国の敵）』コミック #1-4
『X-Wing（Xウイング）』コンピューター・ゲーム
『Dark Forces: Soldier for the Empire（ダーク・フォース：帝国の兵士）』
グラフィック・ストーリー・アルバム #1

PART III　歴史の側面

スカイウォーカーの血筋

『Star Wars Episode IV: A New Hope【スター・ウォーズ　エピソード4　新たなる希望】』

ハン・ソロとランド・カルリジアン

10 BBY

イリーシア

『The Paradise Snare【聖地の罠】』ハン・ソロ3部作 [1]

10-5 BBY

アカデミー時代

5-2 BBY

密輸業者生活

『The Hutt Gambit【ハットの策略】』ハン・ソロ3部作 [2]

4 BBY

シャルーの目覚め

『Lando Calrissian and the Mindharp of Sharu（ランド・カルリジアンとシャルーのマインドハープ）』

PART I　古代のジェダイ・ナイト物語

シスの出現

5000 BBY

シスの黄金時代

『Tales of the Jedi: Golden Age of the Sith（ジェダイ伝説：シスの黄金時代）』コミック #0, 1-5

ハイパースペース大戦

『Tales of the Jedi: The Fall of the Sith Empire（ジェダイ伝説：シス帝国の崩壊）』コミック #1-5

シスの遺産

4400 BBY

フリードン・ナッドの影

4000 BBY

ジェダイの試練

『Tales of the Jedi: Knights of the Old Republic（ジェダイ伝説：旧共和国のナイトたち）』
コミック・コレクション #1-5

3998 BBY

ナッド教徒の反乱

『Tales of the Jedi: The Freedon Nadd Uprising（ジェダイ伝説：フリードン・ナッドの反乱）』
コミック #1-2

3997 BBY

迫り来る崩壊

『Tales of the Jedi: Dark Loads of the Sith（ジェダイ伝説：シスの暗黒卿たち）』コミック #1-6

3996 BBY

シス大戦

『Tales of the Jedi: The Sith War（ジェダイ伝説：シス大戦）』コミック #1-6

3996 BBY

オッサスの荒廃

3986 BBY

ウリック・ケル＝ドローマの贖罪

『Tales of the Jedi: Redemption（ジェダイ伝説：贖罪）』コミック #1-5

4000-3000 BBY

共和国の衝撃

2000-1000 BBY

新たなるシス

600-400 BBY

勇猛なジェダイ

TIMELINE

タイムライン

＊ここに示すタイムライン（年表）は、スター・ウォーズ銀河の歴史を、より掘り下げて探求したいと思われる読者諸氏の一助となるよう、映画、主だった小説、コミックス、そしてコンピューター・ゲームとして発表された物語を年代順に記したものである。ここでは、年表という性格から、銀河に重大な影響を与えた事件及び人物のみを取り上げた。（小説のみで発表された物語が大半を占めるため、煩雑になるのを避け、小説であることは明記していない。また、原題も記し、【 】が邦訳された題名である。）
＊本書の一部、とくに古代の共和国史の多くは、このタイムラインの後方に位置する小説の中で叙述される歴史から読み解かれたものである。また、参照を容易にするため、各小説については、物語の大部分が起こる大まかな期間を取り上げ、タイムライン上への記載は一度のみとした。

スター・ウォーズ クロノロジー

上巻

ケヴィン・J・アンダースン／ダニエル・ウォーレス［著］

横沢雅幸《よこざわまさゆき》／高貴準三《たかぎじゅんぞう》［監訳］

発行日――２００２年５月30日　初版第１刷発行
発行人――三浦圭一
発行所――株式会社ソニー・マガジンズ
〒１０２―８６７９ 東京都千代田区五番町５―１
電話　０３（３２３４）５８１１
印刷所――中央精版印刷株式会社
乱丁、落丁本はお取り替えいたします。
定価はカバーに表示しています。

ISBN4-7897-1868-9　Printed in Japan.